鸦怪乌妖与随机数侦探

谈衍良 著

上海文艺出版社
Shanghai Literature & Art Publishing House

图书在版编目（CIP）数据

乌鸦妖怪与随机数侦探/谈衍良著. — 上海：上海文艺出版社,2019（2019.7 重印）
ISBN 978-7-5321-7063-0

Ⅰ．①乌… Ⅱ．①谈… Ⅲ．①短篇小说－小说集－中国－当代 Ⅳ．①I247.7

中国版本图书馆CIP数据核字(2019)第036775号

责任编辑：崔　莉
装帧设计：钟　颖
责任督印：张　凯

书　　名：乌鸦妖怪与随机数侦探
著　　者：谈衍良

出　　版：上海文艺出版社
出　　品：上海故事会文化传媒有限公司
　　　　　（200020　上海市绍兴路74号　www.storychina.cn）
发　　行：上海文艺出版社发行中心（上海市绍兴路50号）
印　　刷：上海中华印刷有限公司
开　　本：890×1240　1/32　印张6.5
版　　次：2019年3月第1版　2019年7月第2次印刷
书　　号：ISBN 978-7-5321-7063-0/Ⅰ·5645
定　　价：30.00元

版权所有·不准翻印

上海故事会文化传媒有限公司　出品（00835）www.storychina.cn

上海故事会文化传媒有限公司所有图书可办理邮购，免收邮费（挂号除外）
汇款地址：上海市绍兴路74号(200020)　　收款人：上海故事会文化传媒有限公司出版发行部
联系电话：021-64338113
如发现本书有质量问题，请与印刷厂质量科联系 Tel：021-65376981

目 录

1 疼痛课 ...*1*

2 出题人 ...*25*

3 爱猫者 ...*47*

4 百分之七十八的纯净空气 ...*63*

5 北回归线上的太阳 ...*83*

6 苍燕飞翔 ...*99*

7 库生 ...*119*

8 乌鸦妖怪与随机数侦探 ...*163*

后记：丢骰子的人 ...*199*

疼痛课

肖伟峰坐在靠背椅子上，赤红色的射线瀑布海啸般涌进他的眼里。粗的玻璃管，细的玻璃管，玻璃管里装着的硅片、也许只是陶瓷片，被电炉烧红的一切。靠背椅子只到肖伟峰脊骨的一半高。一半高已经绰绰有余了，肖伟峰放肆地跷着二郎腿，扫一眼温度计，一千二百八十摄氏度。

如果超过一千四百度就要报警，着了火、闻到奇怪的气味、玻璃管摔碎当然也一样是报警，打破手边的红玻璃，按下红按钮，满世界的警报全都响起来。肖伟峰不只是一个报警员，平均每三天一次，他要打开炉门，用钩子或者铲子扒拉出玻璃管里的硅片或者陶瓷片，然后把炉门关上。

这显然是个无聊的工作，但肖伟峰才刚从清洗池车间转来两个礼拜。他的前任，一个秃顶老男人，两个礼拜零一天前，在方凳上跷二郎腿，跷得椅子都翻了，额头磕在电炉上。肖伟峰听说那老男人的额头上缝了八针还是十八针。工厂里所有的方凳都换成了靠背椅子，放肆跷二郎腿的机会却留给了肖伟峰。

额头上缝针！肖伟峰活了四十年，少说也跷了三十年的二郎腿，和铁皮装置一起工作了二十年，但肖伟峰可不知道缝针是个什么感受。

肖伟峰验过血，验血是要把针插进皮肤里的。但肖伟峰上一次验血还是中学时候，痛或者不痛，长痛还是短痛，他全都忘了，也全都没法想象。

肖伟峰绝没想要试着扎自己，但他想从车间里找出一根针。肖伟峰一蹬脚，靠背椅子的两条前腿腾空而起，右脚紧贴着右前椅腿，左脚脚尖点地，重心左倾，再左倾，第三条椅腿也终于离开了地面。肖伟峰开始和椅子一起旋转，人们都说他长得像个椅子，又长又方肚子又大，但只有他自己知道，他更擅长玩弄椅子。

左转九十度，白色的墙；左转一百八十度，黄色的门；左转二百七十度，透明的玻璃窗，连条窗帘也没有，更不用提针或者尖刺。

左转三百六十度，他听见敲门的声音。刘主任是唯一一个进烧结车间还会敲门的人。肖伟峰一下泄了全身的力气，靠背椅子稳当地立回地上："嗯，一千两百五十摄氏度，蛮好的，蛮好的。"

刘主任没有像往常一样表扬肖伟峰工作认真。刘主任说："你老婆从楼梯上摔下去，送到医院缝针了。"

肖伟峰赶到医院的时候，刘彩霞的嘴角已经缝上了两针。刘彩霞是个翘嘴唇，肖伟峰喜欢翘嘴唇。缝完针的嘴没见得有多少变化，也许向左偏移了几毫米，至少肖伟峰没看出来，翘嘴唇到底还是翘嘴唇。

肖伟峰从来没有这样仔细地看过刘彩霞，她的下巴内侧长着一颗痣，深褐色，在日光灯下油光锃亮，痣的边上是一个刀口，很浅，但很宽，泛着富有层次感的肉红。

肖伟峰说："这么快就好了，你还觉得痛吗？"

刘彩霞抿着嘴，眉头和嘴唇一起拧成一团："你大惊小怪什么，就缝了两针。"

"就缝了两针！真是，观音菩萨保佑，就缝了两针。"肖伟峰本想接着问她疼痛的程度，他从来不知道自己的妻子是这样一个钢铁般的女人。钢针从来都是缝衣服的时候才用到的，冰凉、坚硬，不可妥协，钢针所向，必有一伤。从刘彩霞的神色看来，受伤的一方一定是钢针。

刘彩霞咧着嘴，歪着脖子，照着肖伟峰招手："你回去把饭烧好才叫菩萨保佑了。面孔哭丧成这个样子，缝针的又不是你。"

肖伟峰不是一个钢铁般的男人，但他也许，总有一天，也会面临——"晚饭，油煎带鱼要吃吗，我去买油煎带鱼。"

肖伟峰三十岁的时候才第一次才听闻这世上有给人缝针一说。肖伟峰是不会补衣服的，但他知道，缝针就是把两块布连接在一起。肖伟峰人生中读的第一部长篇小说开头写着一句，"他的整个身体瘫软在沙发上，像块破抹布"，肖伟峰也就读过这一眼小说，小说总是不合道理，人没法像一块破抹布。

　　那一年，肖伟峰的儿子六岁，他的幼儿园同学额头撞在栏杆上，去医院缝了六针。肖伟峰想：那一定就像块破抹布一样。

　　趴在桌前的儿子闪烁着眼望肖伟峰，缝针可算得一件大事了，肖伟峰把晚饭——或许是油煎带鱼——倒进盘里，"你怎么知道他缝了六针？"

　　儿子说："李昊然自己跟我们讲的，缝了六针！"并且夸张地举了一个"六"的手势，大拇指和小拇指，这姿势显然也不是肖伟峰教给他的。

　　儿子说："李昊然教我们的，这个就是六。"

　　"李昊然刚缝好针，精神就那么好？"

　　这似乎不算一件稀奇事，小孩儿总是好了伤疤忘了疼的。肖伟峰把饭碗推到儿子手边，"那你要当心别撞到栏杆上面。缝六针，吃不消的。"

　　如果儿子不像他，而是像他的母亲，他也许能吃得消，但即使凭他妈的粗皮老肉，到底也只是扛住了两针。肖伟峰提着油煎带鱼回到屋里，喊："要先吃两块带鱼吗?"

"等我这张卷子做完——"

肖伟峰的儿子已经十四岁了,但他还没有缝过针。他不像肖伟峰那样钟情于斗鸡、足球、篮球,不像那些在水泥地上奔跑、摔倒、皮肤破裂的孩子。他也不像刘彩霞那样脚步扑朔,没有坐在椅子上转圈的陋习。他在做试卷,没人能一边转圈一边做试卷——

肖伟峰把带鱼倒进盘里,把饭盛进碗里。刘彩霞和儿子总是说:"油煎带鱼是最好的下饭菜。"

带鱼是油的、咸的,但肖伟峰始终认为鱼不能下饭。他把青菜倒扣进油锅,水油爆裂声呼啸着,溅落到他的手背上。白色的鱼刺,白色的饭粒。油滴很烫,但鱼刺的锋利也不容小觑。

肖伟峰望着烧红的玻璃管们。

一千二百七十六摄氏度。

肖伟峰每两天做一次饭,刘彩霞受伤的时候则是每天一次。热油,热锅,油在三百多摄氏度就会沸腾,不锈钢的熔点也不过一千三百摄氏度。肖伟峰想,他的儿子终其一生也用不着触碰如此高温,他会做试卷。

这是一件好事。煮汤圆的水曾经烫伤过肖伟峰的母亲,伤疤在她的小腿上存了三十年。肖伟峰从来就不爱吃汤圆,肖伟峰的全家人都不爱吃汤圆,所以这伤疤来得太不值得了。

一个红色的伤疤，月牙形，附着着黄色的脓疮，像是呛在喉咙口的一团痰。来自热水，一百摄氏度。

粉色、绯红、天妇罗面糊的黄色、浓痰似的黄色、泥土的黄色、油煎带鱼的黄色、焦黑。

一千二百摄氏度，焦黑。

从生命到死亡，成为食物，再成为废物。

一千二百摄氏度，即是废物。也许在今天，肖伟峰的一条胳膊就会成为废物。

肖伟峰打开了石英玻璃门，他感受到热气，或许只是皮肤看见赤红的射线而提前做出了响应。他不会愚蠢到用身体尝试只是望着就能够刺伤视网膜的高温，他听见脚步声，但整个工厂里也不会有这样一个愚蠢的人。

中正的声音——肖伟峰的儿子二十岁的时候就应该拥有这样的脚步声，以及这样的嗓音。他说："我记号已经做好了，后天这个时候来拿。"

肖伟峰放任玻璃门敞开着，回头看见一个平凡的男人。男人的手里捧着金属色的圆盘。肖伟峰看不出这四个圆盘与玻璃管里的千百个有任何区别，他说"行"，"我帮你放进去"。

肖伟峰望着支撑圆盘的玻璃架，望着托起玻璃架子的男人的双手。他的手背很白，右手的食指却是黑的。肖伟峰感受着热流涌上自己的背脊，他没有抬起手，也没有迈出脚步，肖伟峰看着男人的微笑从平淡变得麻木。男人说："这几片都是切割的时候摔坏的，我们就拿它们做一下测试。"

肖伟峰想问"测试是测试些什么"，就像他想从刘彩霞那儿理解缝针时的煎熬，想从儿子那儿知道李昊然受伤时的表情，想从母亲那儿体会被热水烫伤时的触觉爆炸感。但摔坏的东西大都是不便于问的。

肖伟峰说"好"，从男人的手里接过玻璃架，他本想不经意似的撞击男人黑色的食指指甲盖，但他击中的是无名指的第二个关节。有些突兀，但肖伟峰依照预定说出"不好意思"，"你的手指甲怎么了？"

男人说："被门夹的，小时候。"

肖伟峰注视着男人的眼睛，他的眼睛很大，并且没有闪烁。肖伟峰觉得后背上有些烫了，眉头皱得恰到好处。

肖伟峰能够成为一个坐着看温度计的工人的理由有很多。比如他的前任磕伤了脑袋，比如门捷列夫发现了元素周期表，又比如肖伟峰知道门捷列夫的名字——这说明他不是一个无知的人，说明他是一个上进的工人。

肖伟峰已经为自己的躯体安全付出了努力，但这不够，他的背脊仍然处在灼烧的边缘，他的手指也许不会被切断，但依然会日渐变得焦黑，被熏制成熟。

他的前任是工伤，因而白白赚了三万五千八百块钱，而被低温烘烤着的肖伟峰——与被高温烘烤着的硅片们一样,甚至比不上区区破损者,它们的一生了无痕迹,甚至没能成为测试记录中的数据。

　　肖伟峰的儿子曾经看过一个武打动画片。穿着盔甲的男人被打翻在地,面颊蒙灰、手臂渗血,恬不知耻地说:"伤痕是男人的荣耀。"听见这句话的肖伟峰回过头去看他的儿子,他没有皱眉头、没有微笑、目不斜视。肖伟峰相信他的儿子和他一样,怯于在自己的身上留下伤痕。

　　肖伟峰还是没再买过这一套动画片。肖伟峰旋转着椅子回忆动画片的名字,他也许应该让儿子看完它的结局。不知疼痛为何物的肖伟峰脱离这个世界太久了。

　　六岁,肖伟峰的堂弟肖新华脑袋在石地板上磕出一个血色的疤,搔鼓级别的响声,嘶哑的哭声。肖伟峰听见了。

　　八岁,肖伟峰的同学李劲才的下颌被足球踢中,牙齿与血一起从嘴里往外落,一个、两个、两个半。肖伟峰看见了。

　　十岁,肖伟峰的同桌吴国林被自行车撞翻在地,手臂在石膏里装了三个月,吴国林占领了课桌的三分之二。肖伟峰无话可说。

　　十一岁,苗晓花的眼睛被人用铅笔戳了。肖伟峰没敢看。

　　十三岁,鲁迎新的手臂被她的追求者割了一道大口子。手臂上的一道大口子，验血针孔的三百六十倍大——肖伟峰甚至没有敢想下去。

肖伟峰的儿子已经十四岁了。

肖伟峰一路从厂房想到厨房，他的父亲说"不吃痛就不知道教训"，肖伟峰用自己的人生否定了他。他得到了最优解，他的儿子将会同意他的结论。他的儿子依然在写试卷，或者偶尔开个小差，那就意味着同意。

厨房里，油锅已经开始响起爆裂声。肖伟峰说："你昨天才刚伤到，今天就不要碰油锅。"刘彩霞说："我伤到嘴唇，你还能让我不吃饭吗？"

飞散的油珠在刘彩霞的臂膀上染出高温的光泽，刘彩霞偶尔说一句"哎呦"，大多时候是不出声的。刘彩霞显然没从疼痛中学到教训，她只是把自己变得不再疼痛。肖伟峰把刘彩霞拽到自己身后，抢过锅铲和铁锅的把手。油珠落在肖伟峰的手臂上，刺痛，但的确并不很痛。

刘彩霞说："你怎么突然那么粗暴了？"

肖伟峰说："你去外面坐着吧——先把饭盛出来。"

肖伟峰想起母亲小腿上的月牙形伤疤，像是包青天额头上的月亮，象征着某种高洁或是正义。

肖伟峰把干煸肉丝倒进盘子，顺便卸下手臂上不算太高的高温，他喊："肖安逸，饭好了。"

肖伟峰把干煸肉丝端上饭桌，刘彩霞张开她缝过针的嘴唇喊:"来吃饭吧。"

肖安逸打开房门,"今天的卷子太难了,一个计算题有十几个步骤。"题目难到肖安逸的右眼皮都有些肿了,肖伟峰说:"你要早点睡觉,少做点题目又不要紧。"

肖安逸把肉丝和饭一起含进嘴里,"那也没办法,卷子总归要做掉的。"

刘彩霞说:"你应该表扬人家认真读书,悬梁刺股——"

肖伟峰的右手锤在桌面上,用把碗碟都震动的力气。他看见自己手臂上灼伤的红点,一个与疼痛无关的伤痕,肖伟峰说:"悬梁刺股就不要了。"他看见刘彩霞的嘴唇,想起实验员的手指,那是一个气派而优雅的实验员。

肖伟峰的父亲得糖尿病已经五年了。他每天要测两次血糖,用一颗针头扎破皮肤,提取血液。他已经用了两盒针头,也就是一百二十针。肖伟峰的床头柜里还替他备着一盒,六十针。

刘彩霞的父亲去世前每天都要都要打一瓶点滴。左手背上的血脉、右手背上的血脉,然后是手指,关节的缝隙,每一个血管的入口都被贯穿、愈合、贯穿。

椅子旋转、旋转,肖伟峰的手里把玩着血糖仪附赠的针尖。肖伟峰总有一天也会成为一个糖尿病患者,总有一天也要承受无穷无尽的刺痛。肖伟峰宁可放弃治疗,任由血糖升高——但病痛依然是疼痛,由内而外,让人无路可退。

肖伟峰凝视着指间的针尖，微小的、可以融入空气与水泥地板之中的针尖正瞄准着肖伟峰的眉心。

肖伟峰突然紧闭双眼，拧紧眉头，把针尖往垃圾桶的方向丢。肖伟峰听见针尖与地面撞击的清脆声响，而不是塑料袋的摩擦声。但肖伟峰只是旋转着椅子，任由针尖埋藏在地板缝之间。

肖伟峰听见脚步声——昨天的实验员还没有到来取样品的日子，因此他没有说"当心"，而是停止了椅子的转动。一千一百七十八摄氏度，敲门声也没有响起。

肖伟峰再一次抬起椅腿，他突然觉得后颈一凉，椅腿猛地回落，肖伟峰用体重把整个靠背椅子压在水泥地面上。肖伟峰抚摸自己的后脖颈，又抚摸右手和左手的外手肘，那儿没有插着一根针。

今天没有，不代表明天没有。肖伟峰迟早有一天也会和他的前任一样——他的前任已经回到了工厂，做仓库管理员。

人固有一死。疼痛的生老病死，肖安逸一出生就知道哭，还没有人打他屁股就号啕大哭。

肖伟峰知道有一本书叫做《钢铁是怎样炼成的》，他每日目睹的灼热比钢铁更精致，也更残酷。无非就是经历磨难、方抵彼岸，小说总爱说这些过时的道理。

"但过时的道理总也是道理。"——肖伟峰对肖安逸说。

肖安逸抬起埋在饭碗里的脑袋,面无表情地盯着肖伟峰。肖伟峰不了解肖安逸正在思考什么,他只知道自己从没把父亲的话放在心上。

肖伟峰想说的是,必须尝受过一次真正的疼痛,才能够变得勇敢、坚韧。但肖伟峰不知道什么才是真正的疼痛,他相信肖安逸不会敢于让自己感受疼痛,正如四十年以来的肖伟峰一样。

肖伟峰看见肖安逸清澈的双眼,看见肖安逸光洁的皮肤——他宁可为肖安逸承受他一生中所有的疼痛,但他的决心毫无意义。肖伟峰不知道什么才是真正的疼痛,也没有习得痛觉传递的魔法。

肖安逸的模拟考试又进步了四个名次,他能够考上重点高中。肖安逸回到他的房间,攻克的也只能是他眼前的难关。

肖伟峰把肖安逸的饭碗丢进水池,刘彩霞的嘴还没完全康复,饭还没有吃完。肖伟峰说:"缝针到底是个什么感觉?我觉得真是吓人的,一根针扎到肉里去。"

刘彩霞说:"缝针不算什么的。生孩子的时候才是真的痛。"

"那还有被刀砍了的时候,摔骨折的时候,都比不上生孩子痛吗?"

"我又没被刀砍过,你管这种事情干嘛?"

一整天过去，血糖仪的针头还在垃圾桶边的地面头向下地卡着。

疼痛是没法用言语传达的。肖伟峰的发小儿梁国安说："手指被车床砸了之后，晚上睡不着觉，淅沥淅沥地痛。"肖伟峰的母亲说："切菜切到手的时候就只会觉得一热。等到第二天，才会觉得这儿裂开了。"肖伟峰的父亲说："血糖仪的针一点也不痛，就像是蚊子叮一下。"

肖伟峰捡起针头，用左手食指和大拇指捻着针的塑料尾巴。橙红色的射线映照在肖伟峰的手背上。他听见脚步声，猛地从四脚着地的椅子上站起："我正要取出来呢，你还得等一下。"

先抬头，再抬眼睛，轻柔的手上黑色的疤痕，并不影响他是一个有学识的人。肖伟峰打开石英玻璃门："你有没有什么印象深刻的，受伤，感觉疼的经历——我儿子想知道，我又说不出。"

"那还不如不知道，整天想着这些，害怕的就更害怕了。"

肖伟峰干笑两声，把长玻璃钩伸入玻璃管中央："那我就跟他说，你就当这些都不痛就好。"肖伟峰听见新的脚步声，不由自主地看向温度计面表盘，一千二百九十摄氏度——

"比如我的手，被门夹到的时候根本就不觉得痛。痛只是生命用来警示危险的机制，不是发生危险之后继续折磨人的。"

　　肖伟峰把灼热的玻璃架子立在铁盘里，把铁盘摆在桌上，"你等它凉一点再拿走，不然——"

　　不然掉在身上就完了。肖伟峰知道这样一个年轻的实验员绝不会持不住一个铁盘或者一个玻璃架，也知道他会发笑。但实验员露出的是只属于经验老到者的微笑，他说："行，不过不要紧的。"

　　他也许二十五岁，也许二十八岁，研究生毕业，读博士花了六年。肖安逸在全校成绩排名第三十二，将来也会研究生毕业，读博士可能只需要花五年，但肖伟峰无法想象肖安逸露出如此自信的微笑，沉着冷静地应对一个关于疼痛的话题。

　　肖伟峰坐回自己的靠背椅子上，抬头端详实验员的面容，"所以说，是不是经历过之后就不会再害怕了？"

　　肖伟峰觉得自己的语气过于不置可否，但实验员的确平淡地点了头。

　　受过伤的实验员与受过伤的硅片一起离开了，肖伟峰的手指已经被针头压出了矩形的凹陷，但肖伟峰没有松手，肖伟峰明白了。

　　肖伟峰在菜市场买了鸡腿，在药店买了新的血糖仪用针头。肖伟峰没有在鸡腿表面裹面粉，只是放在油里炸。

刘彩霞说:"你这样是不对的。"

肖伟峰没理睬刘彩霞,只是把六个鸡腿炸熟,盛进盘里,端到桌上,呼喊肖安逸的名字。

他的呼喊并不很顺利,喉咙里像是呛着一口痰。他这一个晚上都很不顺利,买菜的时候把一块钱的纸币当作五十块;炸鸡腿的时候把滚烫的筷子拄在自己的腿上;肖安逸说今天学校体检,肖伟峰说:"哪个同学去的?"

肖伟峰一怔,闭上嚼饭的嘴——幸好没有说出"缝了几针",否则他的计划就暴露了。但肖伟峰还是没能忍住问"你不怕验血吗"。

肖安逸没有笑,他说:"验血有什么好怕的?"

肖安逸没有笑,与实验员不一样,因为他还没有成长为一个坚强的男人。

肖伟峰的父亲说过:不吃痛就学不到教训。肖伟峰的父亲是错的,在肖伟峰十四岁,被逼迫着往铁锅里倒油、倒一盆青菜、忍受油锅的恐怖轰鸣的时候他就知道。

肖伟峰并不是通过疼痛学会炒菜,也不是通过受迫。肖伟峰只是看清了炒菜的本质,理解了油水爆裂的冲击力大都是在于听觉。

肖安逸该如何看清疼痛的本质呢?答案是理所当然的。

肖伟峰坐在自己的床上,打开针头的包装纸盒、包装塑料袋。刘彩霞推开房门，把头探到肖伟峰的肩上："你不是上个礼拜才买一盒新的吗？"

肖伟峰没理睬刘彩霞，只是重新关上纸盒，留下指缝间藏匿着的一针。刘彩霞会发现这一次的包装盒显得更有科技感，价格是前一次的二点五倍。便宜的针头不能对肖安逸使用，当然，触碰过地面的针头就更不能。

肖伟峰走出房门，踱步到肖安逸的门前。肖伟峰打开门，肖安逸一边抽着鼻子一边摩擦着鼻尖。然后他开始转笔，转了两圈之后开始书写，半分钟之内写了两行字。

肖伟峰注视着肖安逸把一张试卷填满，他不记得自己曾经如此认真地写过作业。肖伟峰坐上饭桌边的椅子，针尖在肖伟峰的指尖旋转。他的儿子将会胜过自己，在承受疼痛的能力上也必然如此。

肖伟峰看见肖安逸起身，于是肖伟峰也起身。肖安逸垂着头迈进洗手间，肖伟峰昂着头冲进肖安逸的房间。

他早就预留了许多个可选位置。比如，书桌角落的书堆，目标是肖安逸的臂弯；椅背上的豁口，目标是肖安逸的肩膀；扶手下方的榫接处，目标是肖安逸的手背。

肖伟峰选择了书堆，针头隐蔽在纸张之间，只能靠突如其来的触觉才能感受的锋芒。

肖安逸书桌上的书已经堆到了肖伟峰的胸口，肖伟峰看到窗外的路灯光在发黄的纸面上闪烁。路灯的光芒比起一千二百摄氏度的赤色柔和太多，因而显得不食人间烟火。

肖伟峰听见洗手间的门打开了。他握着针头往房门外走，对擦肩而过的肖安逸说："房间里光线会不会不是很好？"

肖安逸笑了。肖安逸说："没什么不好的。"

肖安逸笑了，讨论验血时却没有笑。这意味着他害怕验血。

肖伟峰当然也验过血，学生们排成一列，准备被扎手指，但他已经不相信自己的手指曾经被扎破过。他坐在饭桌前，玩弄剩下的一根鸡腿，这是给肖安逸准备的奖励——顺利感受了疼痛，成为一个勇敢的男人的奖励。

肖伟峰知道，他必须肩负起推动肖安逸成长的责任。最高级的针头，酒精消毒，只是一针而已。肖伟峰的目光从肖安逸的脚背一直飘到发梢，肖安逸只要一抬起右手，针尖就会陷入他的皮肤。

肖伟峰望着肖安逸写完一页试卷，用左手翻动，写完第二页，用左手翻动，用左手对折——

肖伟峰想起缝针，把人当作破抹布。肖伟峰突然觉得天气有些冷。肖伟峰还想起母亲的伤疤，他不知道烫伤的疼痛等级，但至少知道害怕。肖伟峰想起肖安逸没有笑的面容，他也许的确恐惧验血，但他至少不想让肖伟峰知道。肖伟峰很久没见过肖安逸流眼泪了，他曾经很擅长流眼泪。

肖伟峰冲进肖安逸的房间，拽开肖安逸的手臂，笔尖在试卷上划出一道横跨整张纸的黑线。

肖伟峰突然把关于疼痛的一切都遗忘了。他想到一个借口："刘彩霞生了牛皮癣，我想看看你有没有。"

但肖伟峰没有说。

肖伟峰失败了，他趁着肖安逸洗澡的时间取出了针头。他为自己十二小时前的冲动作出解释：身为一个父亲，他首先应该身体力行——即使是感受疼痛。

一千一百二十一摄氏度。肖伟峰蹬起双腿，把两条前椅腿撑到空中，然后是右后腿，保持微妙的平衡，旋转，旋转。他环顾着空无一物的车间，这儿曾有过一个磕破脑袋的工人，他不断地提醒着自己。

肖伟峰想象着一根针头，针尖指着肖伟峰的指纹圆心，他只要一用力，就能够亲身地理解疼痛——肖安逸能承受或不能承受、应当承受或者不应当承受。

肖伟峰旋转着，旋转也许能够让他遗忘忧虑，狠下心来给自己扎上一针。

但肖伟峰的手里已经没有针头。

肖伟峰知道自己不会用针刺破自己的皮肤，他知道自己是个懦弱的人，他也无法阻止肖安逸成为一个懦弱的人。

他已经做了太多无用的思考，他得好好工作了。

肖伟峰停止了旋转，直面一千一百二十一摄氏度的光芒。今天的温度稍微低了一些，玻璃管中的硅片也许没有得到充足的烘烤。

肖伟峰打开石英门，举起玻璃钩，把玻璃钩伸进玻璃管，他想看看这些熟悉的金属光泽是否变得黯淡。

肖伟峰可以成为一个经验老到的观测员。

他把装着硅片的架子勾到玻璃管的出口处，圆盘在纯粹的红之中保持着银白色，散射波纹状的彩虹光。

肖伟峰想知道那个实验员的大学专业，肖安逸也可以成为这样一个实验员。

银白色的硅片表面开始泛白，白雾之下透露着深紫色的滚动条纹。也许这就是温度过低的结果，或者只是烘烤还没有完成——肖安逸上一次物理考试得了满分，或许他能够给出答案。

肖伟峰把硅片推回玻璃管的中央，把玻璃钩子往外抽的时候想起了实验员枯萎的手指——肖伟峰开始摇头，这不是他打算想起的。

肖伟峰听见脚步声，然后听见敲门声。一千一百二十一摄氏度。

他听见了刘主任的声音，刘主任没有表扬他工作认真。

刘主任说："你的儿子从学校的楼梯上摔下去——"

肖伟峰的儿子不该从学校的楼梯上摔下去,他还没有做出决定。肖伟峰还没有做出决定。

肖伟峰的大脑猛然停止运转。他听见来自地面的清脆撞击声、听见来自耳畔的沉重撞击声。然后他开始感到刺痛,倒塌,天地倾覆,白色的车间放出彩虹色闪光。

肖伟峰的眼睛看见了铁锈味,嘴里充斥着轰鸣声,鼻腔气息倒流,耳郭与身体失去了链接。

像是触觉逐渐融化,远离身体。像是什么也没有发生。

肖伟峰看见刘主任冲向自己,把他脚面上的玻璃钩踢到窗边,把肖伟峰的身体按到靠背椅子上。

肖伟峰开始意识到烫、意识到碎裂。他没看见击中脚踝的沉重玻璃钩,但是看见了击中额头的炙热玻璃管。

这就是疼痛。

肖伟峰如梦初醒,全身的神经细胞开始跃动,呼喊。既是钝痛,也是灼烧,远胜过针尖、远胜于区区六针。

这就是疼痛。

疼痛开始在他的全身蔓延,放大,深入,跳跃。淅淅沥沥的痛、破抹布似的痛、煮汤圆的痛,骨、肉、血,细枝末节的部分开始毁坏,但人从来都总是在不停地自我毁坏。

这就是疼痛——肖伟峰猜测自己正在大笑。刘彩霞、母亲、肖新华、李劲才、实验员——肖伟峰不再比他们更懦弱。

但那没有意义。肖伟峰想要改变的并非自己。

"——他现在在医院缝针。"

肖伟峰没有攀上刘主任的手,而是迟滞地张开嘴。

肖伟峰说:"肖安逸没事的,我就不去看他了。"

肖伟峰终于完成了他的身体力行,结论是:肖安逸能够承受这样一堂关于疼痛的人生课。

与肖伟峰的结论无关,他不得不承受。

发表于《人民文学》2018年第11期

出题人

大雪。

五方向重叠的立交桥、三十层玻璃幕高楼,深厚积雪数十年未见。瑞雪丰年算不得一句谚语,也称不上一个抚慰。掏空了身体的新年城市里,冰雪姑且填补人的空隙。

在上丰小区十八号楼五楼的双层玻璃内吃上一个星期的年节菜,世界又将恢复原本的姿态。煮过冬笋、煮过芋头、煮过豇豆干的走油肉锅,可以焦热地温暖到元宵节。

衍正坐在806路公交车上。

公交车瘦长的两柄雨刮器狂躁地张牙舞爪。司机握拳猛击喇叭按钮两回合,路边唯一一家开着卷帘门的年糕馄饨店前,打酒酿的人把汤水抖了一手。

司机的前胸贴上方向盘,叹息也多余,车上乘客不过衍正一家。

"雪这么大,家庭聚会干脆就别办了。"

衍正的母亲翻覆着回复两个手机上的短信。公交车晃动字母屏幕,亟待一句"新年快乐"的不知名人士列表震荡着仿佛愈加拉长，未读信息数以计步器般的频率上升。

"不办怎么行，定金都付了，两千块。"

衍正的外祖母显然没有理解女儿的真实意图。现在下车坐四号线再转767路公交车或许是更省时的选择；又或者向前步行两站路，乘上莲航专线一口气到终点站——

也不知哪些选项只存在于脑内运算，亦或是全部脱口而出。纵使脱口而出也没有回应，雪中汽车踽踽着。

踽踽一路，"我是想去的——"抹开玻璃上的迷雾，衍正说："我记得有一个舅公，数学很好。"

衍正的外祖母有七个兄弟姐妹，连同配偶十五人，连同子女二十七人，连同子女的配偶三十五人。

衍正记不得他们的容貌，也记不得他们的名字。或许存在着某一位切面店主人，满溢着猪油的八宝饭是只有身为亲眷才能享用的。又或许有一家医生，曾经从包里掏出已断了产的头疼止疼片。又或许有一名警察，戴着蓝黑警徽的帽子，搬一箱橙子。

一箱橙子落进雪地里。

年糕馄饨店老板捡走了五分之一加一个。橙子在雪地中翻滚，金霜色奔跑的速度高过汽车，越过保安岗亭。

保安飞掠夺过五分之一加一个。其余的橙子也不免满脸斑驳，驰进加油站时已经没剩几个完整的果子。

加油站工作人员取走尚且像样的橙子，是当前总数的五分之一加一个。剩下的就由它们在路边自生自灭。

绿灯，806路公交车碾碎了五分之一加一个。得以苟延残喘的唯一一只橙子然独立于霜白之间。

橙子的残骸悄然远去。衍正不爱吃水果，比起分橙子的数学题，衍正更乐意选择分巧克力。要说一箱橙子，数量无外乎二十、三十、四十二，然而，题目到底是要完成的。

$x-(x/5+1)=1$，$x=2.5$

第一步就是错误。故事来源于生活，却不是能够信手拈来的程度。能够把生活化作数学题的人，衍正平生只见过那一位。

他是外祖母的一个弟弟，鞋拔子脸，稀疏的眉毛下凸眼球光彩闪耀。衍正不记得他的名字，姑且可叫他为"数学舅公"。若是叫作"数学爷爷"则显得高贵过分，只适用于把公交车后盖当作草稿纸的神话英杰。

"是华罗庚吗？在车背上打草稿的那个。"

外祖母只注视着翻滚在雪地间的橙子们。"好几十块呢。"摘眼镜摸鼻梁，长吁一口气。母亲心不在焉地咳嗽两声，"什么好几十块？"

"一箱橙子呀。我看有七八斤。五七三十五、六八四十八，大概四十一块二毛五。也不便宜了。"

衍正的印象里，一箱橙子是一百块。但华罗庚不研究橙子的价格，衍正也只把橙子当作题目的载体。"外婆算得很快。"衍正不自主地以出题人的姿态称赞。

"你舅公倒是老说我脑子慢。他自己好多年没见过阿正，不知道阿正比他聪明多了。"

十岁新年的家庭聚会日，衍正完成了困难模式通关《魔塔2000》的功绩。十一岁时与父亲一同游览苏州狮子林。十二岁则是看了一整天的温哥华冬奥会比赛。

作弊的缺席日渐自然，反而成为无法记忆的常态。衍正掐指一算，十八岁的自己已经九年没有见过数学舅公了，九年大约是一个英杰化作朽木的轮回。上一轮回的家庭聚会也是在一个雪天，积不起两厘米的薄雪在衍正一百三十八厘米的身高面前可算一桩大事，连同背景与人物一同记得——

枣红色瓷砖砌的二层洋房对于衍正而言从来不算异常景色。鹅蛋脸黑嘴唇的中年男人、金丝眼镜与无滤嘴香烟的老年男人，攒动着与喧嚣着，拍着胸脯说"阿正肯定记得我"。对于九岁的衍正而言，八十分与大富翁的玩法也只算是见识过。

院子前层叠着白雪，灰褐色的水缸中立了一棵一头高的铁树。"这树多大了？"黑嘴唇男人如是说着掸去针叶上的雪屑。"买回来两年了。"女人的自行车把地面染成灰黑。纯色的雪如此掺入了杂质，一踏即是一个污痕。雪花化作冰粒再溶解成水，"啊，是铁树啊。"冰雪颗粒反而成为了污浊中的杂质。

"哦呀,不能玩雪了。"

衍正的母亲用调笑的气息抢先说,"大冷天的不要到外面去。"

溶解是自然,人类的簇拥也是自然。"玩雪"尽管幼稚而耻辱,衍正终于还是向着落地玻璃门外踏出了一步。

"大舅公数学很好的,让他给你出个题目吧。"

衍正生生地望着最后一缕冰碴渗入地表,生硬的话题转移也只是用"嗯"带过。降雪量五毫米每二十四小时,地面渗水一毫米每小时,再深厚的积雪也逃不过流尽的命运。若说雪降不意味着融化,人类的热情也无可逃避。

"出个数学题目——"

衍正把厨房间的煎鱼油烟挟到花园的阶沿。花园中除了一棵铁树便一无所有,没有鱼腥香也没有瓜子烟香,更没有数学题目。装着试吃品八宝饭的蒸锅正汩汩泄气。

衍正的左脚踩着新融了雪的水泥湿地,右脚踏过垃圾桶沿渗出的酱油汤汁。然后,中年男人毫无特征的声音就响起了,宛若一道石化魔咒。

"有一个庙,午饭吃八宝饭。"

铁树之类,上丰小区门口种了三棵,去年还开了玉米样的花。龙浩路菜场前散乱地长了一排棕榈树,棕榈树有铁树的十倍高。八宝饭泛着油光,红绿果丝也非同寻常的花哨。案板与灶台前的那一位的确是不比常人更高,也没有泛光的秃顶，不过是一位行云流水的厨师。

"大和尚一个人吃三个八宝饭，小和尚三个人吃一个八宝饭。"

瘦长的背影，披着灰色的羽绒衫。他的右手提着蒸锅夹，左手把着煤气灶旋钮。三个八宝饭是无从下嘴的，何况衍正未曾学过方程。

"和尚一共有一百个，八宝饭也是一百个。那么，小和尚有几个呢？"

厨师的余光扫向衍正——距离答案还相当遥远吧，如此安心着从不锈钢餐盆里捞出酱牛肉。

七十五个。对于十八岁的衍正而言，无需动用方程，一瞬的灵光足以将题目肢解。把一百用一三分割，衍正关闭微博、微信，答案是自然地存在。第二十六度的急刹车意味着公交汽车的报废，衍正从摇摇欲坠的塑料座位上直起身子与腿。

"那么，舅公来吗？我挺想看见他的。"

当然来的，不参加聚会的衍正当属异类。806路公交车歪斜地立在六车道的正中央，衍正跃下两级阶梯，一头闯入风雪，"皇冠假日大酒店"的宋体字远远地闪烁在摇摇欲坠的发光二极管上。

"往前两个路口，拐角有个联华超市，从超市北边的门出去再左转，就快到了。"

衍正把人声与风啸一同阻挡于绒线帽以外，以每秒一米的速度踏破积雪前进，母亲与外祖母每两秒一米地缓慢移动。衍正走三米回头望一秒，若是与母亲的距离超过了二十米，便静待五秒。

衍正掐着手指数着五，打着节拍向前迈步。题干简单过分，自恃身形矫健的老年人迅捷不过几步便又踱起来，若要让数学题现实到如此地步，只精确到毫秒的手机秒表也该更新换代，编程软件也要换作性能加强版。

亦或是把忘我与沉思计算在内，现实实在不可捉摸——衍正半爿大脑用于感慨，另半爿回思数学舅公是否有过第二题。步伐早已迈出三十米不止，并且不由自主地跨出新的三十米。806路的红光终于行远，外祖母的一袭白衣是早已无法望见，连同"路口""乐购"之类的关键词一同被吹散。

宽广的六车道空无一物，空旷得让衍正怀念起那座花园中的铁树——还未到开饭的刻点，望着铁树绿叶的衍正却只怀念着消逝无踪的浪漫雪痕，即使解出十道数学题也无法留住残雪。

衍正牵着母亲迈出厨房门，八宝饭余香犹在鼻尖。和尚数总得是个漂亮数字，七十三或者八十九是不像话的。六十四如何呢——衍正拂过刚被指摘的铁树枝叶；七十又如何呢——衍正踏过盛着余雪的鱼腥味塑料袋。

"想出来了吗——"再度到达厨房时，酱油香油味已经取代了八宝饭香。母亲牵起衍正的肩膀，数学舅公手中的菜刀敲打着节庆歌曲的鼓点。

"嗯。"衍正点头。

未及说出答案，男人——大约是询问铁树的那一位，逼进厨房。"在教数学题目啊。"他轻描淡写地说。"做得出不啦。"或有人如是问。

"七十五个。"

一百零一选一的正确答案，在时间面前不值一提。数学舅公转过头来，他的脸孔凹陷着。

"阿正是聪明的，"简单的评价在口耳之间折反射，数学舅公的脸盘中央或许微小地震荡，或许仍然只是凹陷着。沾了酱的左手捋过一遍胡子，沉吟一声，打嗝一声。

"阿正是聪明的。"

酱牛肉切完了，下一个是目鱼大烤。

衍正驻足于灶台边的垃圾桶旁，冷菜碟在围裙手套间穿梭着。一手三盘或者两盘，一步四格地砖或者五格，不过尔尔。

数学舅公旁若无人地埋头切配，背影起伏之后又起伏。"黄酒没有了。"他又猛然挥起握筷子的枯手，从衍正的头顶扫过。

衍正无法用丑陋以外的词汇形容那幅场景。数学舅公的手背上浮着色斑，沾过十八种调味料的木筷子几近褪色泡发。衍正未曾堆过雪人，沙滩上的城塞总是刚建起一座角楼便兴味索然地用踢腿毁坏。

"老大学生，再给衍正出一个——"

雪人逃不过遭受厌倦的命运，数学舅公沉默太久了，冷菜碟也全部切完。他倚上洗碗池，伸长了臂膀接一支烟。长吁一声，眼珠绕着衍正旋转起来。

"阿正数学好，出个难——"

"好，出个难的。"

浑浊的眼仁静止了，打断一切起哄声。

"你听好。我女儿，你叫他阿姨的，年龄的立方是四位数，四次方是六位数。这两个数里，每一位都不一样。"

一气呵成，衍正甚至尚未聚焦眼神。"立方"与"四次方"之类不算熟悉的词已盘旋开了。二十一乘以二十一等于四百四十一，立方——立方是九千二百六十一。

"人都到齐了，吃起来吧——"外祖母如此喊起来，"9261×21"也并不容易计算。"你们先吃，我把黄鱼烧了——"数学舅公大声应和，口腔中涌出烟雾。

$9261 \times 21 = 194481$——正确答案或许还在五次、十次的试验之后。

数学舅公把煎黄了的黄鱼滑进锅里，在噼啪油溅中轻声发问："题目做出来了吗？"

距离问句结束零点五秒，"没有"这一答案不言自明，衍正只需聆听放之何时都可用的一贯的教导。

"所以，阿正要好好读书啊。"

舅公猛然从油锅中抽出锅铲，用半是眼白的眼球捉紧了衍正："你很聪明，但也要努力学习，"义正辞严地加重了语气："逆水行舟，不进则退。"

二十二的三次方——计算尚未开始，数学舅公已心满意足地退居厨师舅公幕后，留下如此意味的背影。"吃饭去吧，你做不出这道难题的。"

二十三的四次方对于大学生也并不容易，衍正勉强续写止于失败的回忆，开始计算，从联华超市的入口进行到出口。天气寒冷到无法脱下手套触摸手机——这样的借口在超市的暖气下不攻自破，但这等数学在计算机面前实在不值一提。

"是279841吧。"衍正不再验算一遍是无法自信的，计算再次从头开始，在感应门门槛前绊了一趔趄。

若二十三是正确答案，数学舅公的女儿如今三十一岁，是有孩子的年龄了。超市门前的母女百无聊赖地玩耍着，景象大约如此。

女孩指着道路左侧最远处的一棵铁树，说："一。"

"二，"然后手指向内移动七点五度，"三四五六——"突袭着画出弧线。顶着绒线帽与水晶耳环的女人说："好，有六棵树。"

"小兔子就住在这棵树里，"女孩甩起系在手臂上的白兔玩偶，"小兔子从这棵树跳到那棵树，因为大灰狼来了。"

"大灰狼不会来。"女人拽住小白兔的左腿。当然也不会有小兔子，小兔子怕是要冻死在铁树的针叶下。清洁工提着巨硕的竹帚出现又消失，扫雪是个好题材，然而，"在那棵树下有两只小兔子——"衍正闯入超市前的积雪，用大灰狼的沙嗓向铁树吼叫一声，"两只小兔子会长成大兔子，大兔子啊，能生出新的小兔子。"

突如其来的架势正如数学舅公一般热烈，热烈也只持续一瞬。数学题目做不了搭讪的手段，这是理所当然的。

"小兔子吃叶子吗？"女孩似乎没有把衍正放在眼里，亦或顺理成章地与大灰狼攀谈起来。

"叶子不好吃，但是吃一个月就能长大，长大了再吃一个月——"

"过一个月就要回爷爷奶奶家。"

当然，要去看爷爷奶奶。衍正望见母亲与外祖母大笑着穿过堆满了果汁大礼盒的货架，"每个月回爷爷奶奶家的时候都能生出一对小兔子，小兔子又会回来吃树叶，长成大兔子。"

与父母全无二致的大兔子将会屈居于一株新的铁树之下。"大灰狼又来了。"女孩晃动起扎了红蝴蝶的两条麻花辫。外祖母喷喷着来临："阿正还认得阿姨啊，记性是好的。"衍正终究话哽在喉。

"十个月后会有几只兔子呢——"对于高只到腰的女孩大约不算一个可回答的题目。

衍正数着脚印走过了进入酒店前的五十米路,"应该是八十九只吧。"候于桌前的数学舅公听罢外祖母的讲述,沉思一分钟整,对这次偶然相逢作出了完美的评价。

塞满圆桌的冷盘已经摆齐,数学舅公或许并未更苍老,灰色的大衣与花白头发显得崭新。"阿正喜欢数学,这很好。"舅公沉着脸,些许的失望见诸面颊。他拥起外孙女,摆在瘦削的腿上。

对舅公的模仿进行了一路,衍正终于也没能提出一个好题目,数学的美感并不在语言之中。"阿正已经是大学生了。"与亲友寒暄的外祖母掠过一句。然后寂静了大约十秒。"啊,那很好,"舅公拍了拍外孙女的肩膀,"你要向阿正哥哥学习——"

当然也要向外公学习,停顿的另一个十秒用于解读内在含义。静滞之后的发言却难以停歇了,"读书是人类进步的阶梯""学好数理化"之类的句子接连不断,数学舅公抚着松垮的麻花辫,眼神些许炯烈,像是需要一分钟咏唱的激光眼魔法。

"现在时代不一样了。"外祖母随性地打断。人生道理总能轻易攻破。在大雪或者晴天的世界、衍正或者舅公的世界、枣红色洋房或者皇冠假日大酒店，1+1=2是不变的。

"生活中的数学题目，我想了一路，但好像太难了。舅公一般是怎么做的呢？"

"举个例子吧——"

耸肩、清嗓，天气实在不算好。

"有一个庙，和尚午饭吃这个素鲍鱼，"然后，用发黑的手指点了点桌上的一盘黄白色薄片，"大和尚一顿吃三个——"

衍正说，谢谢。看来离开始还要好一会儿，我再带纯纯去玩雪吧。灵感源于生活实非虚言。

舅公只径自把题目演说完毕，左眼眉头一挑，"纯纯会做吗？"答案当然是"不会"。"阿正哥哥来教吧。"右眼眉头也随之一跳。

设大和尚有 x 个——方程尚不适用于六岁孩童；从一百开始数——只有衍正才能在绕一圈花园的时间内得到答案；数学直感——更算不得一个方法。或许这一题全然不在纯纯的接受范围以内，但舅公只管严肃起似笑的脸色说："阿正还不会教书吧，"并且为自己的发言点头，"数学就是这样，只自己算出答案还不够，要让别人用你的方法也能做对。这就是科学研究里的——"

"可重复性。"舅公大约读过了火热于报端的学术造假新闻，勉强习得一两个概念。

最后的话端被夺走，第二桌的冷菜也排满了一圈。

"怎么一桌人都没坐满,"舅公怒叱着起身,"打个电话催催他们,连个时间也算不准。"

"出去玩雪的时候,再教纯纯几个数学题目吧。"

当然,那应是纯纯无法解决的难题,也必须是数学舅公一眼即可看穿的把戏。为人生哲理的演讲搭建舞台,对于衍正而言也是未曾有的挑战。

酒店大门外,道路中央穿梭着一位清洁工,用恍惚的轻功避过来往车辆。设定一个轨迹的函数,计算撞车的可能性吧——纯纯用鸭舌帽装着雪,流畅地机械地拍在铁树叶上。

计算的结果当然是不可能撞车的,衍正尚有作为一名出题人的基本守则。阳光不知觉间代替了风雪,衍正摘下手套,寒冷依旧如故。酒店落地窗里的舅公更懂得寒冷,他戴了手套,还拿着绒线帽子。衍正能看见他的指手画脚,也能看见他向窗外飘去的眼光。他理应对衍正正在构思的题目有些好奇,或者至少担心他不够聪慧的外孙女。

沿着舅公迷离又炯炯有神的视线,衍正只望见806路公交车来到了三个路口以外,距离衍正与清洁工一千米。清洁工的速度、公交车的速度、道路宽度与汽车宽度,衍正怠惰于设定条件,舅公注视着的也只是攀着后车门下车的四五人。

"阿正已经这么大了——"显然是新烫了黄金卷发的

六十岁女性发出叹赏声,"在陪纯纯玩雪吗?"

女孩固然是在玩雪,专心致志地玩雪。然而"玩"终究是幼稚而耻辱的代名词——衍正至少要为孩子做一个掩饰,于是起身十五度鞠躬并回答,"在教她数学题目呢。"

纯纯依然以不变的速率倾倒白雪。"阿正是数学系的啊。啊呀,真厉害。"缓慢着步伐,金色卷发下的圆润脸颊上下摇摆。

"我是材料系的。"

"啊,那也好。为什么不教她几个材料问题呢?"

衍正目送正脸转作侧影,弯下腰向鸭舌帽里盛了一捧雪。鸭舌帽是由什么材料组成——这实在称不上一个题目。

黑色嘴唇的黑发老人正着步子走近,"数学系好啊,老赵的儿子,出去年薪八十万。"单手扶上铁树枝干。

"是啊——我不是数学系。"

"不是数学系也好的。出去给人补课,三百块一节。"

三百元一节的数学课,对于纯纯而言,性价比大约是一比二十。铁树的叶宽远不及缝隙,滑落的雪粒几乎把树干全部淹没,"灿白皇冠"的雏形依然尚未能见。

"堆得起来吗?"

当然堆不起来,不需要计算也能够得到结论。纯纯没有回答,机械的工作漫长地重复着。"十五乘以二十是多少?"衍正说。"不知道。"干脆的回答伴有嘟嘴与不间断的摇头。

即使得到了答案，无法完成的工程依旧无法完成。高压电缆铁塔的锈蚀并不是每分钟一微米，单一个大脑也无法建立雪量与弯折程度的函数。衍正不一定能够在数学分析考试里拿到一个 A，"趣味数学题"公众号里的题目也懒得看一眼。

数学舅公或许今晨刚清查过了自家小卖部的账本，亦或是校对了今日聚会的账单。数字中或许存在着微乎其微的金钱，但绝不存在未来。即使能够算出铁塔倒塌的时日，不做修复也于事无补——荣光或许属于计算者吧，衍正尚未可知，至少舅公是没有如此荣光的。

"你们干嘛整天做数学题呢？"阳光映射雪辉的恍惚之间，纯纯用微凸的眼球扯住了衍正的肩膀。

这算不上一个好问题。人类的一切都源于数学、思维即是数学、理念也是数学，衍正如此回答也不觉得过分。亦或说是科研必要，学好数学才能做一个科学家或者工程师，理想与浪漫的光辉足以让孩童目盲。

"一天到晚出数学题目。"

亦或是予人以智慧，作为融会贯通的基点。运转让机械更灵活，诸如此类的名言或许能有三四十句。在那之中，适用于舅公的屈指可数，至少他的头脑应当是没有变得更灵活的可能了，可以堆砌的也只有一刻的满足。

"那是为了让你变得聪明。"

针样的铁树叶终于被积雪压断，宛若匹诺曹的鼻子。衍正记得，数学舅公面对攻克了八宝饭问题的自己，说："阿正是聪明的。"这当然是一句表扬话，是一句在人群之间衍射了十余回的表扬话，一句毫无波澜的表扬话。

赞扬的句子已从小学老师口中听厌了，分辨客套话对于九岁的衍正也不算困难，数学舅公或许的确是在刁难自己——从厨房回到八仙桌前的衍正尚且对十九的四次方念念不忘。黑嘴唇的男人把酱牛肉和白切猪舌一起蘸了酱油放进衍正的碗里，酱牛肉蘸酱油不是个正确吃法，但硬是蘸了也谈不上刁难。

"阿正很喜欢数学啊，"男人用瓮般的音色说起闲话，"你舅公一直喜欢教别人做数学题目，你们这下是对胃口了。"

衍正算不上喜欢数学，热爱学习是理所应当；舅公也未曾在出题时露出一丝悦色，甚至不如切菜的专注。鸭肉和橙子片摆成的冷盘算是创新菜式，衍正夹起完整的一片橙，扯下完整的外皮。

"我觉得很没劲嘛，你干嘛喜欢数学呢。"

用牙齿把过大的鸭肉修去一圈，这样深奥的难题对于小学生衍正而言无法回答。"因为他脑子转得快。"母亲代为作了一个简单的解释。

鸭肉是圆形的，平整的，与橙子片粘合成渐变色的花朵。咬痕的边际是一条垂直线,鸭肉是总量的百分之三十,橙子也占总量的百分之三十。

"这就是数学,"衍正终于没有如此回答——身为大学生的衍正或许将说:"因为美丽与浪漫。"舅公把茄汁鲈鱼端上桌,望着月蚀形的橙子鸭发表了一句批判——"怎么吃成这样。"然后转身走远。

数学舅公若要问起"你考了纯纯什么题目",衍正将会回答"两位数的乘法"。"与生活没有联系的数学题不适合小孩子"、"仅仅算数锻炼不了数学思维",合适的反论也替舅公准备完毕,只等回到饭桌上开口。

衍正还能想起许多或许"有趣"的数学题目,例如,打翻的墨水瓶遮蔽了算式中的几个数字;海星、鱿鱼与章鱼组成的鸡兔同笼;搬弄火柴使等式成立。它们没有得到浮现于衍正大脑的时机,纯纯也终有一天会在数学考卷上看见它们。

衍正与又一队不知名的家庭打过招呼、鞠过躬。"刚开始读大学,还不知道要做什么工作。舅公等你们好久了,快进去吧。"心不在焉地回答过,捧起湿漉的白雪,挤压成坚实的形态,轻放在铁树冠上。

"纯白之冠是什么样子呢?"

"是灿白皇冠,灿白公主的魔法神器,会发光,可以从皇冠里拔出灿白神剑。"

这回答实在不够数学，衍正的数学语言却也无法描述一个完美的几何形状。铁树的叶面托起成片的雪，漫射出的光彩或许确有魔法的意味。既然如此不妨一试吧，衍正在两个小时前做过完全相同的内心告白，目标是成为数学出题人。

沉重的雪压与锈蚀让远方的电缆铁塔不堪重负——电缆塔的腐蚀防护是衍正研究中的课题。垮塌、倾倒，坠落在无垠的田地间，衍正半年以来的计算无法挽回既定的灾难。

电缆下垂，与皇冠假日大酒店顶端的灯牌碰出火花，绽放仅一瞬的黄金之光，深黑色的烟雾迸发在苍白的天空上。

金光与黑烟的连携进攻震撼心魄，正打扫到酒店门口的清洁工惊恐着连退七步，径直退到马路正中央，806路公交车即将经过的轨道。

公交车在旷野般的白色森林间飞驰着，不平整的道路上画出霜凝的蛇形弧线。轨迹精确地避开了清洁工的身形，直冲着酒店的华丽围栏而去。

绿色垃圾箱与栏杆上的红丝绸交相辉映，伴随着炮仗般的撞击声凌空而起。染成乌黑的雪尘连同异味一起飘散，塑料碎片也落入雪地。腐烂了半边、散发着鱼腥味的橙子翻滚着触上了衍正的脚跟，连同一块灰砖碎片。

冲破围墙的公交车距离衍正二十米远，衍正望了歪斜于空中的铁塔一眼,"Q235型钢的缺陷昭然若揭,正是材料分析技术的用武之时——"抬起腿完成一记后方向飞踢。

被踢飞的橙子画出未知的抛物线方程,与远方的墙壁或者落地窗发生未知的力学关系,被碎玻璃割坏了手臂的人即将开始未知的经济算术。那都全然不如铁树冠上的雪堆更吸引衍正的目光。

衍正无需证明自己是一个远胜于舅公的出题人。

发表于《萌芽》2017年第11期

爱猫者

仲恺北路的夜里，路灯平常地亮着，门卫室也亮着，正合乎不夜城的名号。但不夜的只是城，人终究是要入夜的。

但黄英是例外，因为他是门卫。

仲恺北路的夜里，时而有火车轰鸣而过，汽车也不罕见。但动的也只有机械，生命则都已经噤了声。

但猫是例外，它们嘶叫正欢。

黄英与猫是敌人。

黄英十岁时，腊月二十三，他觊觎了一整年的，房梁上的三条腌鱼被猫叼走了两条，另一条成了一弯月牙。他本喜欢用骨头喂野猫，那之后他就喜欢用骨头砸野猫。黄英二十六岁那年，相亲时候散步路遇野猫，他嘘走猫，顺便也气走了打算逗猫的女人。气走那女人之后，他直到四十岁才花了半生积蓄娶到老婆。去年，黄英四十七岁，黄英的儿子五岁，五岁的儿子玩耍时被猫咬了一口，打疫苗花了黄英一千九百块钱。那之后黄英半个月没吃肉，从一百十四斤瘦到了一百零九斤；一整年没有买衣服，穿着保安制服出门买菜。

事不过三，黄英终于是与猫结下仇恨了。

仲恺北路的铁道口不远处有一个垃圾回收站，垃圾回收站后有一片不小的树林，树林之间藏着数不清的流浪猫，流浪猫放肆地奔跑，就常被火车轧死。

或是死后被火车轧。

黄英与猫是敌人，说到底不过是黄英杀死猫，频率是一个月一只。黄英是个以能干著称的保安，捉小动物也有一套本事；黄英是个以正直著称的保安，杀猫这样的行为是与他不般配的。

只有在每个月的第二个周三，黄英不以保安自居，同时又比任何时候都有保安的英勇气概。在这个夜里，他连《新老娘舅》的重播都不会认真看，到了半夜两点，他就撂下同事老谭，独自出发去垃圾回收站"巡逻"了。

黄英的皮鞋踏在石子路上咔咔作响，偶有未入眠的鸟便会惊飞。但猫是很胆大的，总是自顾自地吃，吃到高兴处还发出愉快的呻吟。黄英伸手去抱猫，猫也大多是不反抗，任凭黄英抚摸自己的毛发。这一抚摸，就抚摸到一千米以外的铁道上去了。

铁道是城市里少有的空旷地方，铁道边是矮树和石子，上方是黑色的天。矮树上结了红果子，黄英用它们喂猫，猫是不乐意吃的，黄英就佯作愠怒地用铺铁路的石子喂猫，猫当然更不会吃。

再之后，黄英就会用刀子喂猫。

仲恺北路上"被火车轧死"的猫，这是第四只。三个月前第一只猫死去的时候，隔壁大学动物保护社团的成员们为它立了一个墓碑；两个月前，又在第一个墓碑的十厘米外立了一个小墓碑；到了一个月前，众人就不敢再立墓碑了。

"大约是中了什么诅咒了——"来自旅游管理系的王慧林同学如是说。

"不如给铁道部提个建议——"来自通信工程系的张存威同学如是说。

"之后，每个星期三的晚上都在铁道口蹲点——"来自生命科学系的白露同学如是说。

语惊四座。

"就知道白露最靠谱。"

问题就这么解决了一半，剩下的一半则是决定由谁来给白露买一杯热奶茶。

白露每周的课时数是二十，担任的职务是没有职务，参加的社团数量是一个。对于他的空闲程度，没有人有所质疑；对于他爱猫的真诚，没有人有所质疑。

白露的调查就这样开始了。第一次调查时，社长陪着白露在树林里坐到了午夜十二点，他又独自坐到凌晨五点；第二次调查时，王慧林的猫玩偶陪着白露坐到了凌晨五点。时而有猫跳到白露的身上玩耍的，都被白露温柔地驱走，驱去呼朋唤友。

第三个星期三，树林里噼噼啪啪地落着红果子。白露看着无声的视频，手机屏幕上就落满了浆汁，于是白露开始抚摸猫，把剩下三分之一的奶茶给猫喝，猫们都是一幅欢腾的样子，露出自己的舌头，露出自己的背脊。直到半夜两点，猫终于渐渐地散了，白露想，它们也该去睡了。

然而渐渐靠近的粗犷脚步声却没有想让人入睡的意思。那是中老年人的皮鞋声，溅起的石子把鸟也惊飞。把猫也惊得欢腾起来。

穿着保安衣服的人，脚跟边围着十来只猫，猫们兴奋的样子让通常身边只有三四只猫的白露嫉妒起来。嫉妒到丢出了三颗大石子，击中了花豹般飞跃着的大黑猫的背脊。大黑猫慌不择路地逃跑了，保安却毫无反应，只是抱着腿上带有三条黑色花纹的黄猫逐渐远去。

白露追了逃走的黑猫两步，猛地想起自己是来捉拿凶手的。他向着保安离开的方向迈出一步，却发现天是黑色的。天是黑色的，正紧盯自己的猫的眼珠也是黑色的。鞋底触碰地面时，发出瘆人的爆裂声。

"自己是无法阻止凶手的。"白露猛然意识到——尽管他从没有过阻止凶手的念头。但白露终于是去了。他透过树丛看见保安的手里提着猫的尾巴，猫的身体垂直于铁轨。是否流下了血液呢？白露猜是有的，他看见保安那笨拙的手势，一刀下去必然是血流满地了。

白露怕自己也会血流满地，因此不要说拔刀相助，他连呼吸也不敢。他想起自己的动物学实验课，实验报告还没有写，还不知道怎么写，因为整个鸽子都是由他的搭档解剖的。回学校之后，他打算对搭档说"解剖的时候哪个部分难切"，"你有没有把哪个内脏切碎"。然后用第一人称描述整个过程，再加上对自己的不谨慎的反思。

相比保安，搭档的手势就非常娴熟利落，几刀下去也没有见血——尽管到了动刀的时候，鸽子早已经死了。但现在，白露隐约听见猫的呻吟，咿呀。

然后猫落到了铁轨上，保安再次踏过石子路，在那五分钟之后，白露才抓起地上的树枝，掷向猫的尸体所在的地方。他又觉得树枝太过寒酸了，折下三段结满果子的漂亮枝桠，然后钻出树丛。

白露蹑手蹑脚地走向猫的尸体，刚走到铁路口时，他就听见铁轨的震动。他后退了五步，然后等待了五分钟，没有一盏车灯照亮过白露的身体。白露冲向铁轨，闭着眼抓起猫的残骸，然后转过身狂奔，直到垃圾房边，月光也照不到的地方——猫的目光照耀着的地方。

白露把腿上有三条黑色花纹的黄猫的尸体塞进了一个

纸箱里，然后把纸箱又塞进了一个大纸箱。

周四是动物保护社的固定活动日。距离大学一公里远的仲恺馨苑是全市著名的爱猫小区，居民家养的猫、居委会收养的流浪猫、定居于垃圾站的猫群，都是社团看望的对象。

为白露庆功也是这个周四的活动之一。依靠埋伏作战成功吓退猫杀手并且探查了其情报的白露，尽管没有抓获真凶，也可算是居功至伟了。

王慧林对白露说："小猫们都没吓着吧，我真是担心死它们了。"

张存威对白露说："下次准备好拍照片，就不会让那家伙逃了。"

社长特意借了高级的摄像机，还邀请了负责流浪猫收容的居委会工作人员——大腹便便的年轻女性一名，满脸皱纹的保安一名。

白露很久没有见过白昼之下的猫了，猫的眼睛没有发光，更闪亮的是白色的毛发。白露以及社团的十来个同学们簇拥着猫群照相，猫大约是懂得亲切感，安分地坐着。直到保安接过摄像机，踏过石子路，然后面对着黑色的与白色的猫。

那一瞬间，就混乱得只剩下灰色的猫了。

向着保安嘶叫的、露出利爪的，或者躲进树丛的，散乱一片。保安以及白露以外的所有人都立刻用口哨声、手掌以及小鱼干安抚起受惊的猫。

"黄英你看看,平时是不是老吓唬它们!"胖女人半是调笑地这样说,却引得众人的目光,审视起黄英满是灰尘的全身。

然而黄英没有说话,只是示意大家站好,准备说茄子。但作为主角的猫已经没有耐心了,只管对黄英虎视眈眈,那眼神,分明是用以对待天敌的。猫的一眼,招来的是人的一眼,猫的嘶叫,引来的是人的惊叫,人群中的白露,被推搡着挤压着,被噪声环绕着。

白露是爱着猫的,比任何人都更爱。他喜欢猫的眼睛、猫的耳朵、猫的毛发、猫的尾巴、猫的叫声、猫的撒娇、猫的打滚、猫的自由、猫的警觉,白露是爱着猫的。

如果是杀死四个人,是否足以判死刑,白露不知道。但如果是杀死四只猫,一定是不足够的,如果白露是法官,大约会拘留他十五天吧。

白露这样计算,人的生命大概价值一只猫的一万倍;而如果是依照宠物店的价格,大约也是在同一个数量级。

白露真的爱着猫吗?

"被摄像机吓到了吧,快重新回来拍照。"

因此,他这样说。

这一句话,是抵不过此起彼伏的猫叫声的,猫掩盖了白露的一切。

　　白露五岁的时候，家里养了一只花猫，黄褐色的，左眼有一个黑眼圈。

　　它死了，白露也就记得它死了。妈妈把它埋在小区楼下的草丛里，用三颗石头给它立了墓碑。

　　那场面是静默的，诗意的。

　　但猫不是静默的，它们喧闹着，以扣人心弦的方式可爱着。它们消失，引走了人的灵魂，然后引走人的肉体，就只剩下白露和黄英面面相觑，偶尔瞥一眼尚未拆封的花炮。

　　白露呆滞地看着黄英，说："我不会告诉他们是你杀的猫。"

　　然后黄英走了，再然后，白露走了。

　　那之后过去了一周，黄英在保安室里画着股市的K线图。那是一个周三，老谭一如往常地看着新《老娘舅》的重播，然后拍案而起：这小赤佬太没良心。

　　是的，那群野猫太没良心，它们不知道是黄英每天喂养它们。它们害得黄英再没有权限去喂猫了，居委会对他的补贴也因此少了一百五十块。

　　半夜一点，空旷的道路上驶过卡车，卡车是运猪的，猪放肆地叫，让黄英的心头疑惑且痒。

他对老谭说:"我出去溜达一圈。"然后走上了树林间的石子路。他的头用来眺望远处的霓虹灯,他的脚无声地前进,他的右手摸着小刀,他的左手也摸着小刀。

他一路走到铁轨边,踢倒了四块石头叠成的墓碑,那里,白露蹲坐着。

白露的面前有剪刀,针,镊子。还有一只肚皮朝天的猫,以及交叠的三块石头。

黄英说:"你干什么呢。"

白露说:"解剖猫。"

黄英觉得白露太没良心,他身为猫的保护者,却如此背信弃义——尽管他自己也曾是猫的保护者之一。

"猫怎么得罪你了?"

"上星期你的手法太差了,我来教你怎么干净利落地处理一只猫。"

"上星期你还好好的,你怎么就和猫有仇了?"

"你又怎么和猫有仇了?"

听着黄英不解风情的提问,白露只是浅笑着,生疏的手法让手术刀落进了猫的肚皮里。

黄英不知从何讲起,他只是摸了摸口袋里的硬币,然后说:"那可多了去了。"

"那你就当我是来行侠仗义的。"

然后白露掏出手术刀,血液汩汩地流,染红雪白的毛发。

"这下不干净利落了,不过你就姑且看看,猫的内脏是很复杂的。"

"也好,你看起来很专业。"于是黄英这样评价,这评价把白露的心融化了。

这一个周三,依旧没有发现被杀死的猫。社长说"不错",然后在微信群里发了一个五块钱的红包。白露一分也没有抢到。白露每隔一小时刷新一次,也没有见过第二个红包,刷新了一个星期,也没见有人在微信群里说一句话。

他们是只在乎猫的,只要保护了猫,白露如何并不重要。但即便嫉妒,白露也爱着猫,因为爱猫是正确的,他没有爱猫以外的选项。

用榔头和钉子把猫固定在地面上的白露开始翻弄手机,依旧是没有人言语,没有一个表情。

"这猫是死的还是活的。"

黄英悄无声息地接近了白露,端详起咽了气的黑猫。

"死的。"黄英叹息。

"对,今天用死的给你解析内脏,打好基础。"白露锐利着眼神剖开肚皮,又咬牙切齿。

气流吹过,火车的震动也渐渐近了。白露望着闪亮的火车头,希望它发现自己,也希望它不发现自己。因为白露应当是一个引人注目的人,但也应是一个善良的人。

"你这次不错,那怎么说的来着——"黄英却只是看着渐渐显山露水的心肺胃肠,惊叹:"——对,干净利落。"

白露立刻就把手机收进口袋了。

之后的周三,白露与黄英尝试把猫活着钉在地面上,结果猫的挣扎与惨叫无法阻止,只能以死了结。再之后的周三,白露给猫注射了麻醉药,麻醉药是动物学实验时偷偷外带的,剂量不足以让猫彻底沉睡,却恰好兼得了痛苦与安静。猫每一次露出痛苦的神色,黄英就说:"小伙子,你太能干了。"白露也就一阵暗喜。

这是白露第一次发挥自己的专业才能,也是第一次被用崇拜的眼神看着。猫不会夸奖他,社团的成员则是虚情假意地夸奖他,将他陷入与猫争宠的境地。

白露发现了自己的人生价值。

当他剪去猫的毛发,当他剪去猫的耳朵,当他剪去猫的心脏。他确信自己不平凡了。

于是白露把猫的脏器,死亡的过程,以及处理的手段,全部写进实验报告里。实验报告得到了老师的回信,说是非常细致,再接再厉。

那之后,白露的动物学实验课得到了一个 A。他从老师的手中接过了新的实验报告书,然后在实验名称的栏目上填上了"猫",一个字。

那是一个星期三。

黄英收到了居委会的通知,流浪猫的照看重归于他,补贴两百元一个月。黄英很高兴,花了十八块钱买了一把新的斩肉刀。

那是一个星期三。

薄雾,暴雨的星期三。

仲恺馨苑里,六七十岁的女人和四五十岁的男人也不出门遛猫了。洪贺拉上了肉店生锈的卷帘门,雨水冲击着猪肉中渗出的血水,在下水道口翻滚着。

猫竖起耳朵,惊慌失措地奔跑,毛发也成了喷水管。它来到下水道边,闻血的气味。

然后,它闻见了自己的血的气味。

学期结束的时候,同学们各自结伴玩耍去了。白露至今只得到过一个 A 的成绩,来自对猫的屠杀。白露来到仲恺馨苑,冬日的寒风呼啸,听不见人声、猫叫声。白露寻来黄英,黄英正躲在保安室里,看股市 K 线图。

白露抢了老谭的座位,老谭像是要发火的样子,黄英却说,他对我是有恩的。

白露一怔,停止了伸到一半的懒腰,说:"我们要不要再去拿只猫玩一次?"

黄英说:"不去了。"

"也是，天气冷成这样，手也冻——"
"猫都没了。"
"别人不知道，卖肉的把它们剁成馅了。"

洪贺的肉店倒闭了，被震怒的居民与社团成员们驱赶到了十公里以外的菜市场。白露凭借着不可动摇的功绩荣登社长之位。

但流浪猫已经没有了，动物保护社没有了活动。社团成员渐渐散尽，动物学实验也已经结课，白露的人生价值转瞬即逝。但这对于黄英而言是个好消息，他可以安心地坐在保安室里炒股了。股票已经让他赔了三千七百块钱，再照这势头下去，黄英就快要和股票结下梁子。

听闻此事的白露选修了一门名叫"金融市场导论"的课程。

没有人怀疑，白露是真心喜欢黑猫股份的。

发表于《上海文学》2016年第12期

百分之七十八的纯净空气

化学工业园区的正中央伫立着水泥色的烟囱。

林清晖眺望烟囱脚下的二十米高球罐，球罐在浅薄的黑烟中坚定着粗糙的白。白色反射正午的日光，把沉闷的柏油路蒸腾起油气。白衬衫们在油腻的氤氲中前进着。

林清晖不是白色衬衫中的一员，也不是蓝灰色工作服中的一员——尽管他的确穿着肥大的、一提起手臂衣袖就沙沙作响的、生硬地浮现着荧光条纹的蓝灰色工作服——林清晖只是坐在仓库铁门背后的木头椅子上，呼吸愈加灼烈的阳光气息，以及两个半小时前，杨师傅抽过的一支烟味。

"杨师傅，那群穿衬衫的人从这里走过好几次了。"

偶尔打哈欠，偶尔说些闲话。杨师傅不理睬这些闲话，从厂区外的吸烟点回来以后，杨师傅连续忙碌了两个半小时。

"杨师傅，他们是来干嘛的？"

杨师傅抱着进出库记录册，沉重地、一笔一画地抄着有机物名字。杨师傅抬起头,说:"你没事做就去擦擦架子。"

于是林清晖从掉了漆的木头椅子上起身,一头钻进林立的铁架子里,铁架子被天窗上投来的阳光晒得发热,锈斑蹭在林清晖的工作服上。林清晖向前走,向前走,走到仓库的尽头,层层堆垒的硬壳纸背后,林清晖伸出手,指尖所及的金属壁是寒冷的。比林清晖高一倍的、银白色的罐壁让林清晖打了一个冷颤。它来到仓库已经一整天了,林清晖甚至以为它是一台空调机,但罐子的脖子上挂着名牌,说自己是液氮。

林清晖说:"杨师傅,液氮和我们仓库有什么关系呢?"

杨师傅没理睬他,或许没有听见,或许因为这问题昨日已经问过了。昨天傍晚下班前,杨师傅回答说:"仓库和什么都有关系。"还告诉林清晖,"液氮就是液化的氮气。"林清晖化学没及格过,但这世上没几个人不知道液氮。于是杨师傅说:"对,空气里有百分之七十八都是氮气。"

空气里有百分之七十八都是氮气——林清晖抚摸着液氮储罐的罐壁,液氮罐像是把杨师傅的烟味与化工厂的硫味隔绝于灵敏的嗅觉以外。林清晖深吸着无味的空气,想起初中化学课本上的确有这样一个句子:空气中的百分之七十八是氮气。

林清晖每天骑自行车到化工区第五仓库上班,从纬零路到纬九路。

林清晖的技校在纬四路上,初中在纬二路上,小学在纬一路上。

小学时候,去黄山旅游的同学说:"黄山的夏天是清凉的。"林清晖觉得各地气温不同是再正常不过的事了。

初中时候,来自内蒙古的化学老师说:"内蒙古的天空是湛蓝的。"林清晖觉得天空是蓝是黑或是红都没碍着自己。

高中时候,移民澳大利亚的姨妈说:"澳洲的空气是薄荷奶糖味的。"林清晖觉得空气还是清淡一些好,他从小就不喜欢喝牛奶,不喜欢闻薄荷味。

从纬零路到纬九路要花三十分钟,望见纬七路的时候,林清晖就不由自主地开始憋气。林清晖的憋气时间是三十秒。三十秒后,打开的呼吸道中涌入柔软的臭味,硫元素和苯环攻击着林清晖脆弱的嗅神经。林清晖努力呼吸,努力让空气在鼻腔中停留尽可能久,每一口气在腹腔中循环尽可能深。大约停留三五分钟,林清晖就习惯了。但林清晖在纬七路待不了三五分钟,纬八路上的醋酸味又会以锐利的方式刺激林清晖一次。林清晖喜欢康乐醋,也喜欢山西老陈醋,但他从来不打算欣赏弥漫在空气中的醋酸。

七个月前,林清晖第一次来到纬九路。他想,从来只生活在一个不洁之地的自己坐井观天太久了。

林清晖没感受过清凉的夏天,没见过湛蓝的天空,没闻过薄荷奶糖味的空气,他每天都在把自行车停在仓库前的树丛边,杨师傅从乡下讨来的一排树苗已经和林清晖一样高了,散发着诱人的植物香。

然而,现在,满满一罐清凉的夏天、湛蓝的天空与薄荷奶糖味的空气正伫立在林清晖的眼前。他等不及树苗长大了,它们一个月前也和林清晖一样高。

空气里有百分之七十八都是氮气,纯净的氮气与纯净的空气总该有些相似。

林清晖朝着杨师傅喊:"液氮漏了会伤人吗?"

杨师傅说:"不被冻到就没事。"

林清晖已经触及到清凉的夏天,液氮罐收干了他满背的汗水。

杨师傅又说:"有人来要液氮,你就开龙头让他装点走。"

林清晖没吃过薄荷奶糖。他的鼻子凑近龙头,从两米远凑近到一米远,伸直的手臂拧开开关,白雾倏地涌了一地。林清晖的鼻子刚抽动一下,没来得及吸气,液氮的出口被白衬衫的手臂冲刺般地用保温杯接上。然后白衬衫回头,他用冷淡的微笑说谢谢。

莫晓光听见天际传来一声闷响，然后空调停了。

假使爆炸，只发生在一瞬间的粉身碎骨无可逃避，莫晓光也没动弹的力气。救助伤员，或者看热闹都是多余，成不了论文的素材，也不适合发微博。莫晓光刚参观完厂房、烟囱、球罐、仓库，沿着管道的排布路线走了一万三千步。莫晓光觉得自己像是条被渐渐拧干的毛巾，终于才浸入行政楼休息室这潭清水。他是跟着李跃声教授来给化工区做排污系统规划的，不懂化工。运输氮气的乳黄色管道只让莫晓光觉得饥饿，他没吃早饭，现在想要一根香蕉先生。

教授一早就撂下学生们，说是开会去，直到中午也没见他的影子。莫晓光希望教授不要受伤，以免影响论文进度，影响奖金和毕业。

肖成乔同学听见远方的闷响，说是爆炸了，带着一书包的面包夺门而出。莫晓光想让他留下面包，但捂了半天的面包也不会好吃。

金宇哲同学说这叫做放空，就是储罐压力过大的时候往外放气。莫晓光说："这和空调坏了没联系吧。"

金宇哲说，我去问问有没有修空调的。莫晓光说："快点儿回来。我怕是要热死在这里了。"

莫晓光坐在狭窄房间里的合成皮转椅上，涔涔冒汗，他不想吃午饭了，连矿泉水都是温吞的。

在行政楼大门前右拐，沿着一整排的天蓝色氧气管道一直走到绿地，向废气焚烧塔的火光方向穿过草坪，莫晓光记得化工区第五仓库的位置，仓库敞开的大门前突兀地立着一排刚及人高的矮树。

莫晓光给杨师傅看了证件，临时证是今早刚办的，还散发着塑料气味。杨师傅在记录册上写：莫晓光。莫晓亮说："有液氮吗？"杨师傅在记录册上写：液氮，然后向仓库深处一指，高声说："有人来要液氮，你就开龙头让他装点走。"

仓库管理员的工作效率出乎意料的高，莫晓光还没走到仓库尽头，蹲在液氮罐前的林清晖就拧开了龙头——莫晓光确信那是第一次碰液氮罐才有的姿势。

冷气一瞬之间渗到莫晓光脚下，他感受到倒吸一口凉气的魅力，确信自己没白来。莫晓光用保温杯扣上液氮的出口，但不过几秒就满了，黑色的保温杯上也凝结起白色的霜。白色的霜冷却了莫晓光的手，然后冷却了他的全身。

莫晓光说："好了，谢谢你。"林清晖没有拧上开关的意思，莫晓光就自己动了手。莫晓光起身，僵硬地蹲坐着的林清晖却说："你们来做什么的？"

"我是环境工程专业，做排污的。"

林清晖赞叹、瞪眼、吁气、点头，然后说："液氮和排污有关系吗？"

莫晓光说不上有什么关系，但他当然要说"有"。林清晖仰着头，刚成年不久的眼光闪烁着，"是什么样的关系呢？"

关系就是，设计排污系统的莫晓光凉快了，效率就会更高。

"氮气和排污，包含的原理，化学原理复杂得很，我学了一个学期才搞明白的。"

"和空气里有百分之七十八都是氮气有关系吗？"

液氮的效力过得很快，天窗上的日光又烧灼起莫晓光的肩膀。仓库管理员炫耀起他仅有的、不着调的知识，但莫晓光说："你懂得很不少啊。"

林清晖像是沉思了两秒，又立刻向仓库外快步走，"把这一整罐都搬去吧。外边有推车，我帮你推进来。"

保温杯中的液氮足够冰镇矿泉水，莫晓光仿佛看见塑料瓶插入保温杯时蒸腾起的白雾，以及满瓶的冰碴。他说没有地方放，路太远，请你替我们保管，谢谢。林清晖终于没有话说，用"明天再来拿"作结。

肖成乔同学或许已经带着面包回到行政楼了，但莫晓光还是决定去食堂蹭盒饭吃。

林清晖等了一天。热浪涌进仓库的时候，他就把液氮罐擦一遍；硫元素涌入鼻腔的时候，他也想着要去把液氮罐擦一遍。林清晖做着一个仓库管理员应该做的事。

他如愿以偿地等来了莫晓光,莫晓光提着一个红色的热水瓶,热水瓶至少比保温杯大上五六倍。林清晖说:"我们这里的液氮好用吧。"莫晓光说:"好用。"

第三天,莫晓光还是提着热水瓶。林清晖说:"你们的排污什么时候能完成?"莫晓光打了个心算的手势,说:"有了你们这儿的液氮,可能只要个把月就够了。"

第四天,莫晓光和他的热水瓶被杨师傅拦在门口。杨师傅说:"你怎么每天都来呢?"林清晖冲到仓库门口,"人家就应该每天都来。"林清晖给莫晓光打了一瓶液氮。林清晖说:"我还等着闻薄荷奶糖味的空气呢。"莫晓光说:"没问题。"

莫晓光站在仓库的铁门前,林清晖也站到仓库的铁门前。莫晓光的右腿和林清晖的左腿间,热水瓶冒着冷气。

莫晓光说:"你们这儿修空调的人效率真够低的。"林清晖说:"据说空调和臭氧层空洞有关系,是真的吗?"

莫晓光没有回答。

林清晖说:"我闻了几次,觉得氮气没有什么味道。薄荷奶糖总不能是没味道的吧。"莫晓光说:"你这儿有薄荷奶糖吗?"林清晖觉得很对,他宁可网购一包薄荷奶糖,液氮全是留给莫晓光和他的排污工程的。

第五天,莫晓光没再来了。林清晖对杨师傅说:"莫老师今天不来了,就是因为你昨天赶他走。"杨师傅说:"他净和你胡扯。"林清晖说:"他是专业治理环境的,你是吗?"

但杨师傅是个严谨的老人。

第六天,第七天,第八天是星期一,莫晓光还是没有再来。

莫晓光听说化工区的工人工资每个月能有一万多块钱,第一年工作的仓库管理员林清晖每月三千三百五十元。莫晓光的助学金是一千元,莫晓光说:"我们老板是不是有点儿抠。"

"抠也抵不过你不做事,快把这幅图画完,就等你了。"

莫晓光提起铅笔,新装的空调机风力强劲得能吹跑笔盖,莫晓光终于不用每天跑一趟仓库,受看门老头的白眼,听看门小林的蠢话。"你们先吃饭去吧,"肖成乔同学金宇哲同学就出了门,出门才三十秒就又推门回来,说:"你还有化工厂里的朋友?"

莫晓光的确希望自己有一个化工厂里的朋友,给他介绍一个清闲的职位,而不是整天和永远没法解决的排污问题较劲。但林清晖不是一个合格的朋友,他的手里握着报纸、杂志、手机,撸起半边袖子。莫晓光想赶林清晖走,但林清晖手里还握着危险的铁壳保温杯。

莫晓光说:"是我的朋友,你们去吃饭吧。"

林清晖把报纸和杂志丢在桌上,说:"杨师傅说你都是骗人的,是吗?"

莫晓光把肖成乔和金宇哲推到门外,"你们快去吧,再不去就没饭吃了。"

林清晖在莫晓光眼前打开手机,屏幕停留在百度百科"氮气"词条。林清晖指着做标题的黑体大字说:"'氮气的用处'里就只有'化工合成''汽车轮胎'和'其他作用'三条。"

"其他作用?"

"那也都和空气质量没关系,一点儿边也不沾。"

莫晓光放下铅笔,林清晖的一身工作服上粘着许多污渍,两个同学已经走了。"百度百科都是人编的,可信度比不上我,"翻动散落的一摞杂志,然后卖了一个笑,"你这么热爱学习,很好啊。不如去报个补习班——或者电视大学。"

林清晖从莫晓光手中抽出一本《化工设计》,"这里写了排污的流程,氮气两个字都没有提到过。"

"这只是千万种流程中的一个——这些杂志都是你自己找来的?"

"有杨师傅帮我找的。对,还有很多厂里的朋友,他们都特别关心环保问题的。"

"我学这个专业好多年了,总比他们——"

"他们说最近污染越来越严重,准备给市长写信。我觉得不太好,我觉得你们已经在解决问题了。"

林清晖用眼球抓着莫晓光的眼球，莫晓光说："是啊。"

林清晖收拢杂志，把表面结霜的保温杯挪到桌上。"那你带我闻一下薄荷奶糖味的空气，我就好回去告诉他们。"

莫晓光还没有找到女朋友、还没有一个儿子，他说："好啊，我们要准备一段时间。"

第二天中午，莫晓光说："你太心急了。"

林清晖说："我小时候不知道什么是环保，醒悟得太晚了。"

莫晓光小学三年级就是学校的垃圾分类先锋，他早就知道什么是环保，整天用扫把敲打乱扔垃圾的大人。

第三天中午，莫晓光说："罗马不是一天建成的。"

林清晖说："我初中时候没日没夜地开空调，睡觉也不关灯，就是我这样的孩子把天气变这么热的。"

莫晓光的中考作文写了"地球一小时"。他的语文成绩从来都不到平均分，但那一次得了全班第三。那时候，莫晓光只用一个垃圾桶，他知道垃圾分类只是句口号。

第四天中午，莫晓光说："你也用不着每天都来吧。"

林清晖说："我高中时候过年每天都放鞭炮，把压岁钱全都花在烟花上，就是我这样的人把天色变灰的。"

莫晓光高中二年级设计的空气净化装置申请了专利，

并且因此保送进了如今的环境工程专业。那时候，他不关空调、不关灯、不关电脑，他知道省电的目的只是省电费。

第五天中午，莫晓光说："你真是烦死我啦。"

林清晖说："你还不是在骗人，这么久了一点成效都没有。"

莫晓光刚在知乎上发出回答，"空气净化器是一种非常愚蠢的产品"。环境保护对于莫晓光而言只是一片不够肥沃的土地。莫晓光抬起头说："科学上的事情，总是不能那么确定的。"

"你们要是不行的话，我们就想办法投诉，换别人来做。"

莫晓光抬头瞥了林清晖一眼，林清晖的脸已经涨得血红了。

"我只是想闻一下薄荷奶糖味道的空气而已。"

李跃声教授是个严厉的人。莫晓光不想招来一句非议，给自己的毕业增添任何困难。莫晓光还必须要在这片不肥沃的土地上耕耘下去。

"你之所以闻不到薄荷奶糖的味道，是因为你身处在污浊空气的氛围中，感受不到真正纯净的气味。"

阳光炽烈地闪耀着，空调冷风吹拂的窗户上反射了莫晓光的尖下巴。

林清晖坐在仓库门口的破木椅子上，眺望升向天空的黑色烟幕。

杨师傅说："你最近工作不太认真了。"

林清晖没有投诉的本事，给市长写信更是不好圆的谎言。林清晖等了一个周末，他和莫晓光约好周一见面，又等了一个上午。杨师傅身上的烟味更重了，他一上午去了四次吸烟处。林清晖用嘴呼吸，宝贵的嗅觉要留给纯净的薄荷奶糖味。

杨师傅说："我就不该帮你找那些杂志报纸的。"

透过柏油路上的水汽，林清晖看见白衬衫来了，于是他挪动了四个小时没动过的屁股。"我回来就好好工作。"林清晖口齿含混地向杨师傅点了头。

林清晖冲出仓库，白衬衫却是一个生面孔。穿白衬衫的金宇哲同学说："莫晓光托我告诉林清晖，他生病来不了了。"

林清晖忽然感到嘴角在下沉，面颊使上全力也吊不回来。"那，莫老师什么时候——"

"大概之后都不来了吧，他在别的地方也有很多事情要做。"

林清晖转过头，避开扎人肉疼的醋酸味风。

"他不让我告诉你的——他本来想带你去那个球罐，左前方，最小的那个。本来是不允许进入的，因为很危险。"

但醋酸也只在这一阵风里。林清晖说"谢谢"，金宇哲说:"别偷偷进去,很危险。"

金宇哲带着两瓶海晶柠檬回到行政楼休息室。"球罐的位置我给他指了,也叫他别去了。晓——莫老师的报告有没有补上一点儿?"

"你怎么想到用'莫老师'这种称呼来嘲讽我,我还没写满一半呢。"

"是那个仓库管理员喊的,'莫老师什么时候才回来'。你和那个仓库管理员到底是什么关系?"

莫晓光打字的双手停顿了一下,在文档里打出"莫老师"三个字,又按了三次退格键。

"前两天去要液氮时候遇到他,整天追着我问空气净化的事情。啊呀,蠢得要命。"

"空气净化的事情,把你这个半吊子当老师有什么用。"

"所以说那家伙蠢得要命,还整天觉得纯净的空气是薄荷奶糖味的——你吃过薄荷奶糖吗?"

"大白兔有薄荷味的,不好吃。薄荷奶糖味的空气岂不是恶心死了——你怎么和他解释的。"

"我说,你给我液氮,以后就能闻到薄荷奶糖味的空气了。"

金宇哲拧开海晶柠檬的瓶盖。"买一送一,那瓶给你了。"桌上留下瓶底形状的水圈,莫晓光用一根食指把水抹到地上。

"他就这么被你骗了,觉得氮气是薄荷奶糖味的?他不会自己开液氮罐闻吗?"

"不要用你的聪明才智来揣度笨蛋的内心。"

热潮像是过了,莫晓光在空调房的阳光中打了个哈欠。金宇哲把电脑摆在桌上,"要不要薄荷味大白兔,我凑不够免运费。"

"你都说不好吃了,还是算了吧,你的报告都写完了?"

"快了——但是,那家伙不会真的跑到球罐里去吧。"

林清晖当然打算进到球罐里去。

林清晖沿着宽柏油马路走了八百米。球罐很大,显得道路很小,很小的道路看不到尽头,被层叠的香樟树挡着视线。

于是林清晖走进香樟树小道,树干歪斜地排布着,树枝也没有修剪,但它们比林清晖种的树高得多,叶片中都蕴含着力量。

林清晖觉得天气没那么热了,背脊上也没怎么流汗。他没去过黄山,也没去过离家一百公里以内的天目山。凉爽的夏天不只属于山丘,也属于林清晖可以踏足的水泥土地。

林清晖低着头走路,路上映着树影。没人稀罕内蒙古的蓝天,林清晖走路从来都是看地。林清晖也不听风声,只觉得一种从没遇见过的气味划过脸颊,他想,莫老师的确没有欺骗自己。

杨师傅总是对林清晖说:"你不能光动鼻子,也要动脑子。"林清晖只有鼻子管用,但鼻子从来只让他更感到污浊空气的沉重。扑面而来的凉风让林清晖觉得有些眩晕,这两天他真是动了许多脑子了。

林清晖走出香樟树的道路,动脑子的目的——薄荷奶糖味的空气就在眼前的一排球罐里了。林清晖没法分辨哪个球罐最小,每一个球罐都高不见顶。但他看见一块黄色的警示牌,"氮气清洗中"。

林清晖走到警示牌背后,绕球罐了一圈,绕球罐两圈。或是球罐绕林清晖旋转着,每一片白色鳞甲般的外壳都过于相似,和空气一样模糊而又确实存在。

球罐上没有大门,只有被晒得发烫的钢铁扶梯。林清晖坐在扶梯上,他的工装裤好几天没洗了。林清晖用力吸气,经过鼻子,经过气管,林清晖的肚子鼓起来,肺也胀起来。

围绕球罐盘旋的阶梯扶手很矮,但这等危险无需莫老师担忧,林清晖的脚步咚咚响起来。

莫晓光把海晶柠檬的塑料瓶吮得咔咔作响,瘪得只剩下一半大小。"就算那家伙再想要闻氮气的味道,他还能不知道没了氧气人会死?连百度百科都写着,纯氮气使人缺少氧气,窒息而死。"

"不要用你的聪明才智来揣度笨蛋的内心——这可是你说的。"

莫晓光反身跪上合成皮的椅子，趴在窗台上。球罐太远，在薄尘中只有一个模糊的影子。

"还没下单的话就把薄荷味大白兔加上吧。"

林清晖的脚步紧紧抓着每一级阶梯。他低着头，稀薄的草地与他越来越远，于是他直起脖颈，远方的烟囱里，一如既往的黑烟向着林清晖的方向翻滚。

林清晖抬起头，他从未觉得阳光如此刺眼，这就是终点了，他的双手紧握住球罐顶盖。

林清晖想要望一眼纬一路上的化工三村居民楼，但他连纬四路上的化工技校都望不见。林清晖掀开顶盖，露出通向球罐深处的直梯。

林清晖攀上梯顶，右腿伸向井盖大的黑暗洞穴。

林清晖不怕暗，右脚也找到了梯子的位置。但他不是非来不可的，他可以攒钱，买机票去澳大利亚，他英语不好，但他还没忘记姨妈的长相。林清晖想，他见到姨妈时，可以说："我也闻过薄荷奶糖味的空气了。"

林清晖相信，自己脚下的薄荷奶糖味比澳大利亚草原上的更纯粹。

林清晖的左腿也向下探，与右腿紧贴着，紧绷着。他的脚下是深渊，但也是碧海蓝天。

林清晖看见胸口的荧光带闪烁起绿光。他深吸了一口气，他今天要感受的只是百分之七十八的纯净空气，澎湃的心跳还要留给百分之一百。

林清晖的脖颈消失在黑暗里。白雾盘旋着上升，停留在林清晖的头顶。

林清晖的嘴沉默在氮气中。林清晖将要逃避污浊，欣求净土。

林清晖的鼻子消失了。

林清晖消失了。

窒息的身体沿着井盖大的光斑坠落。

周二，大雾。

李跃声教授说："厂里要给你们加一堂安全培训课。昨天有个年轻人因为违规操作掉到充氮气的球罐里，消防队带着氧气瓶才下去把尸体捞上来的。"

莫晓光掏出一颗薄荷味大白兔奶糖，递给李跃声教授，递给肖成乔同学，递给金宇哲，然后剥开一颗放在自己的门牙中间，至少嚼下去的第一口味道不错。

莫晓光说："雾霾天很好，太阳没那么晒。我也总算能好好工作了。"

发表于《雨花》2018年第8期

北回归线上的太阳

章寒拉开窗帘，手掌贴在茶色玻璃的背面，路灯的白光扑上他的白脸，钻进了他的白眼睛。潜意识带来的刺痛感让章寒弹跳到背后的床垫上，然后他意识到路灯的冷光没法伤到他的视网膜与皮肤，他打开窗户，广玉兰的枝条已经长到触手可及的位置。

　　穿过黑色的天空，章寒看见广玉兰树，看见广玉兰树后的一排广玉兰树，高楼、铁轨、铁轨上方的高速公路、中学的操场、篮球架。章寒听见楼房里的交谈声，电视机用五十档的音量兀自欢快着，车轮与铁轨摩擦，高速公路上屈指可数的汽车里整齐划一地响起"前方有红灯测速照相"。

　　章寒的头颅渐渐伸向窗外，他甚至听见篮球场上的学生快要打起来了，章寒不会说骂人话，也没法构思一个斗殴的前奏，于是想象只能停止在此处。章寒把整个脑袋和整个右臂都落在窗户的另一端，如果路人望见他的姿势，小区里一定会流传出一个掉头鬼的恐怖故事，但章寒不觉得自己能遇见路人：凌晨三点三十分，就连空气都是安静的。

凌晨三点三十分，章寒完成了一天的功课，并且吃过晚饭，这锅胡萝卜炖牛肉他已经吃了三天。第一天，胡萝卜和牛肉的体积比是二比一，章寒每天再往锅里切两根胡萝卜，胡萝卜和牛肉的体积比依然是二比一。章寒相信兔子眼睛红是因为吃了胡萝卜，即使科普杂志把这叫做"流言"。章寒爱吃胡萝卜，章寒的眼睛就是红色的。

章寒套上红色的衬衣，他太久没有出门了，一套上鞋就觉得脚凉，一路奔下三层楼就喘不过气。章寒看见窗口那棵广玉兰树的树干，那真就只是一截树干，不像三层楼高的枝条那样，有横着竖着的叶片，叶片里有积雨积雪。

今天是六月二十一日，再过两天就到了夏至。章寒每天都看见枝桠上最端正的宽厚叶片里包覆着雪色，它没有融化，甚至没有融化的迹象。也许是因为它从来没有感受过阳光，直到夏至日才会被正午的直射灼成清水。

章寒走到小区外的街道上，只有药店还亮着一扇小窗。章寒说："我要一个风油精。"穿着油腻白大褂的老女人从柜子里掏出风油精盒子，抬头望见章寒的脸，"年轻人不要老是开夜工，眼睛血血红。"

章寒伫立在昏暗的灯光边，等着老女人多说两句闲话，给他开一副眼药水，但老女人低下头，半梦半醒，连风油精的价钱也没有说。直到一个穿高领棉毛衫的年轻女人挤开章寒，从橱上抓下两个塑料盒子，往老女人手边丢了两张二十块钱，转身，过热的身体擦过章寒的手臂。

过热的身体！

章寒的动作从没有这样敏捷过：不自觉地拧转手臂、捉住女人的肩膀、掰正她的身体、看清她的脸颊——章寒终于编写出这一套行云流水的动作的时刻，女人已经走在马路正中的双黄线上了。她走得很快，她的棉毛衫是黑色的，空气也是黑色的，但章寒看得清她的轨迹，来自人类温热的红外射线。

一路上，章寒看到围墙、地砖、高速公路的支柱，章寒大约每周出门一次，相同的景色正着看、反着看、和着女人的细腰一起看。女人穿过铁路，铁路对面有三个住宅区。章寒的闹钟响起来，凌晨四点。

距离夏至日只有两天了，朝霭渐渐逼近。潜意识带来的刺痛感把章寒推向了来时的方向。他要在日出之前回到房间、关紧窗帘。鸟鸣声落在地面上，伴着人类的鸣叫声，迎来一天的终结。

章寒每天早晨七点入睡，晨曦的颜色像是白色日光灯，是章寒房间的颜色；章寒每天傍晚五点苏醒，夕阳的颜色像是发光二极管，章寒十六岁以前的理想是在昏暗的房间里拼接电路，电路上闪烁着轻盈而冷淡的微光。

章寒不敢看到太阳，但太阳总是出现在他的想象之中。晨昏透过茶色玻璃，又透过黑色窗帘，渗进章寒的眼睑。章寒总是沉睡着，他没有不由自主地打开窗帘，冲向沐浴着阳光的草坪、在被氤氲笼罩的脚踝间翻滚。他想象过直击双目的阳光，想象过为此失去理智、心潮澎湃而疯狂的自己，在夏至日，太阳到达北回归线的正午十二点。

　　正午十二点总是章寒的梦境达到高潮的时间。一如既往的黑暗房间、绿光单色灯管、锁死的木头门，章寒先是推，再是抄起灯管砸。门的对面是一个没有面孔的温热身体，他的体温忽近忽远，萦绕在章寒的掌心以外，玻璃灯管放肆地撞击在硬木门板上，溅出绿色的射线、铜锣样的高音。章寒知道玻璃灯管一摔就碎，碎了就意味着暗了。但房间依然黯淡地亮着，章寒鲜红的嘴唇间呼出一道绿色的烟气，他的生命没有离开过单色冷光，即使继续用力，更加用力，从床垫一口气翻滚到床底——

　　章寒睁开眼，黑暗的房间，绿色的发光二极管。

　　章寒拉开门，黑暗的房间外也是黑暗的房间，还有荧光的厨房，电磁炉上的红色指示灯。章寒拿起手机，通讯录第一位：带三斤胡萝卜给我，今天还有什么卖不掉的？

　　没有什么卖不掉的，蓬蒿菜稍微多了点儿。

　　章寒不爱吃蓬蒿菜。

　　章寒把课本放在灶台上，一本数学书，高中三年级的。被照亮的只有半页纸，以及一把带鞘的水果刀。他用这把刀切胡萝卜，切肉，还照着数学书上划了一刀。对于章寒而言，数学课本太简单了，但这没用。

门铃响了。"十五块，"提着红色塑料袋的年轻男人说："这段时间我们会晚点儿打烊，你反正每天都熬夜，以后过了七点钟再喊我。"

章寒说："夜里要我帮你们看店吗？"

没有人会在半夜买菜。章寒把胡萝卜丢进锅里，电磁炉开到二挡。深夜药店是必要的，但药店里已经有一个昏昏欲睡的老女人了。

锅没烧热，章寒就关上了电磁炉。章寒还没觉得饿，他穿上鞋，十四岁时候买的鞋，在这五六年里也没穿过多少次，脚尖上还是白亮的。

章寒打开门，看见电梯上行的箭头，他听见电梯的铁皮箱子里有个小孩儿在哭，女人说："有什么好哭的，有什么好哭的。"

他还听见楼底下的音乐，来自一个拉二胡的瞎子。他不是来讨饭的，只是临栋楼一零一室的住户，二胡声像是锯木头、在大太阳底下弹棉花，但章寒想要给他喝彩两句。章寒走到二楼，乐声中断，老人们拍手，又说："给爷爷拍拍手。"

章寒打开楼房大门，没有穿着白大褂的药店老女人放肆地笑着。她拥着及腰高的男孩,一边敲着男孩的臂膀一边说:"我现在一坐下就睡着,一坐下就睡着,这个药店的事情也是没办法做了。"

"早就叫你不要做了,工资也没多少。快点找个时间去把白内障切掉吧。"

老女人是个白内障,她哪里来的资格说章寒眼睛红呢?

天是黑的,但太阳距离章寒并不太远。章寒的生活总是非常无聊,他计算太阳与自己的距离,这要用到余弦定理,但他只需要花十秒,计算精确到0.1千米。章寒跟着白内障老女人往外走,她把男孩丢给老头,说:"天晚了,不能给小孩子养成熬夜的坏习惯。"

老女人走进药店,药店很小,摆在柜台里的药也没有太多种,灰暗的玻璃下埋藏着灰暗的白大褂,白大褂下的铁盒子里塞满了积尘的硬币,老太婆可数不清硬币的数量,章寒做得到,并且会去做到。

白内障老女人还没有辞职,但章寒一定是一个优秀得多的店员。章寒可以在一瞬间算出一切账目,更不会在工作时间睡着,他每天都要把这件白大褂洗干净,他还可以设计一套荧光灯管,让"健天大药房"成为整条街上最显眼的招牌——在太阳不在的日子里。

章寒走进药店。穿高领棉毛衫的女人——套了一件披肩,已经候在店里了,她说:"我昨天买的眼药水不好,你们这里最好的眼药水是什么?"

"各有各的好,你都买回去试试看好了。"老女人还没有换上衣服,油腻的袖子险些甩到女人的脸上。章寒绕到女人的身前,凑近眼睛、凑近鼻子,"我觉得这个小蓝瓶的好。"

女人的身体是冷的,没有气味。女人盯着章寒的眼睛看了半分钟,说:"那你眼睛还红成这个样子?"

女人的眼睛不红,却是模糊涣散的,她终于还是买了小蓝瓶的眼药水,章寒是一个优秀的推销员。

章寒的父亲就是一个优秀的推销员,尽管他也长着一双红色的眼睛。他优秀到可以免费带着章寒参加单位组织的黄山游。那时候章寒五岁,用望远镜看日出。

章寒没能看见什么日出,阳光捅进他的视网膜,一路捅进大脑,捅穿脑壳。

自此以后,章寒就与窗外广玉兰树上的雪沫生活在一起。他坐在床上发呆,脑子是空的,他十几年间花在发呆上的时间比别人一生的更久,他坐不住,也睡不着。章寒决心明天就要彻底改变自己,代替白内障老女人的位置,与见光分解的药水药片生活在一起——或许这也算不上改变。

距离夏至日还有一天,苟延残喘至今的雪恐怕是逃不过这一天了。章寒拉开窗帘，绿色的冷光钻出玻璃，本应在雪面上发生的漫反射并没有出现，章寒把头颅伸出窗户，也没有看见闪烁的光晕。

树枝与树叶不是章寒熟知的姿态了，它们被尼龙绳牵扯着，叶片扭转，与远方的另一棵指尖相触。它等不到太阳到达北回归线的时刻，即使等得到也躲不过。章寒能够躲过，用窗户、窗帘、棉被、眼睑，层层叠叠脆弱的防护。

又一个傍晚七点，章寒没有拨通卖菜的电话，三斤胡萝卜还没有吃完，剩了四个滚刀块。

章寒翕动起耳朵。他听见风声。

只有风声。没有篮球场上的脚步摩擦、没有铁轨上的石块颤动、没有楼下瞎子的破二胡。他甚至没法做梦，一辈子的梦都被他做完了，他的发光二极管只能用在药店的招牌上，自学了十多年的计算只能用来找零钱。砸门没有用处，考试总是在白天的，上学也在白天，拼接电路的工作也在白天。

深夜三点三十分，章寒发呆的第六个小时。

章寒想起他的推销员父亲，他把章寒的眼睛正对着阴天的太阳、用章寒的视线确认黄昏的星星，章寒并没有因此而习惯紫外光，红色的眼球也没有因此而变成黑白。

章寒的视线越过空白的小路，攀上树丛背后的楼房。一层是暗的，二层是暗的，三层是温柔的黄光，四层是影绰的白台灯。五层的女人把男人推倒在床上,又扑进他的胸口,懂得享受夜晚的人一点儿也不少,但章寒不是其中之一。

一层楼里住着拉二胡的瞎子。章寒没见过他做过一件拉二胡以外的事儿,他坐在床头,摇头晃脑到深夜,章寒头一低,脑中就回荡起嘶哑的二胡声。他是个一无是处的瞎子,但章寒怎么也忘不了他。相反的,没人记得章寒。

二层楼里的男学生,他的脸盘很宽,宽到挡住了半扇窗户。章寒看不见他正在写的作业,但他的确总是在写作业,大约写到午夜十二点。两年前起,这扇窗再也没亮过。他在二楼房间度过的每一个深夜都是为了前往一个新的房间,为了度过更深的夜晚。章寒也读了书,但他只停留在这一个房间,这一张床上。

三层楼的中年女人和四层楼的中年男人,黄光与白光总是同时点亮,又同时熄灭。章寒看不见自家楼上的灯光是何时熄灭的。"我是住在你楼下的。我想和你约着夜里同时关灯。"他可以去敲门,但章寒是谨慎的。

他们的默契总有一天会中断,也许就是在今天。五楼上的夫妻也许就要在今天决裂,从床上一跃而起,连衣服也没来得及穿,先丢枕头,再揪头发,然后夺门而出,灯泡碎片冲破窗户落进树丛——章寒等待着,灯暗了,三层与四层的灯光也在章寒的一转眼之间暗了。

章寒十岁生日之后第三个星期，他的父亲就在这时候起床，说："起得这么早啊。"

他明知道章寒才刚准备睡下。

父亲的身上冒着热气，比起床铺的温度，更像是十二小时前的日光。他低头看章寒空白的数学书，瞪大自己血红的眼睛："挺好的，做得挺好的。"

事实证明章寒是正确的。父亲四十年的坚持只把他的双眼变得半瞎，终于跌进不知何处的水沟或者窨井盖。章寒用黑暗中的绿色荧光保护自己的视界，他说："你看不清楚就不要出门了。"

于是父亲说出了他的遗言："不出门有什么意思呢？"

章寒终于感受到了"没意思"，坐在药店柜台里的章寒望着空旷的道路，观测着日光灯与路灯的分界线。

又一个深夜三点三十分，药店一整夜都没有一个顾客，日光灯嗡嗡地响。章寒想要听见一个不一样的声音，没有不一样的声音。

马路对面的铁道上也许有火车经过，"况且况且况"，章寒一字一顿地说出这五个音节。

未能扭转时差的白内障老女人也许正坐在洗手间，嘴里哼着山歌——但章寒没听过山歌。

章寒的手指在油腻的白大褂上搓出一层泥垢，他听见一阵风，门开了，章寒猛地抬起头，高领棉毛衫的女人系着披肩，提着拐杖，浑身都是黑夜的气味。她开口了，平淡的声音。"阿姨，还有什么别的眼药水吗？"

"昨天的不好用？你的眼睛怎么了？"

"不好意思，我这两天看不太清楚。阿哥，有什么别的眼药水吗？"

她连章寒的脸都看不清了。章寒从柜台里掏出最贵的眼药水，没有眼药水能够治疗这样严重的病症，章寒只是一个优秀的推销员。

"两百三十八块。你为什么不去医院呢？"

"今天就要去了，所以趁现在出来看看。这个毛病不容易治好。"

"大半夜的，出来看什么？"

她当然是来看日出的。关于日出的疼痛记忆埋藏在章寒的脊髓中，太阳就要来了。药店的玻璃门挡不住阳光的攻势，章寒到了该落荒而逃的时间。

"日出有那么好看吗？"

"不晓得，但总归要看看的。"

章寒听见了鸟鸣，这是一声警报。六月二十三日，太阳已经来到了北回归线，属于章寒的夜晚比往日更短一些。章寒把白大褂丢在凳子上，翻身跃出柜台，把不再过热的女人一把推出门外，锁门。

天空中沉重的黑暗正在褪色。

五岁时的实验已经证明朝阳刺不瞎章寒的眼睛：如果

只是一瞬的直视。

"你要去哪儿看，快点去。"章寒对那具曾经过热的身体喊。夏至日的朝阳或许能让她恢复温度，蜕变成三日前的背影——

每个人都有一颗冒险的心，章寒想，这算是一个说服自己的理由。

站在铁道对岸的章寒双腿颤抖着，蜷缩着。天空已经是浅蓝色，如果现在开始狂奔还来得及，他的眼睛开始疼痛了，从眼睛贯通到脊髓的疼痛，他往铁路中央挪动身体，拄拐杖的女人拦不住自己。

这时候，章寒应该已经开始做梦了。章寒不是没见过日出的照片，尽管章寒的想象力用尽了，但他还可以更用力地想象，更用力。他渐渐加快脚步，挪到铁路中央，马上就可以挪到另一侧。

碎石的缝隙让章寒歪倒身子，扬起埋在胸中的眼。太阳降临得太早了，白色的光芒从地平线上升起。章寒终于没能逃脱，闭眼的速度快不过光速，章寒全身的毛孔都做好了迎接疼痛的准备，疼痛没有降临。

章寒抬起头，张开眼，远方的白色光芒闪耀着。

章寒红色的眼珠闪烁起来：那就是北回归线上的太阳。章寒的眼珠没有被刺穿、大脑没有被灼烧、脑壳没有被击碎，他没有必要在黑夜潜身缩首，他可以成为一个电路工程师，甚至——

他无需再把生活寄托于想象力，无需再追求棉毛衫女人过热的身体，太阳的温度将属于章寒自己。

白色的光芒正在升起，白色的光芒正在靠近。章寒征服了夏至日的太阳，他张开双臂，头脑空白，迎接将要到来的一切。无用的回忆被光芒冲刷，溶解。广玉兰树的积雪、胡萝卜外卖电话、瞎子的二胡，在广袤晴天之下破碎成一道灰尘。

白色的光芒正在靠近。

白色的光芒正在快速地靠近，伴随着鸣响的汽笛。

苍燕飞翔

凌岩正在飞翔。

浅蓝的塑料色双翼宽阔地漂浮着、锐利地摇摆着、与天空摩擦出火星。稀疏的砖红色高层居民楼间,凌岩与地面三十度角俯冲。

乐扬没有时间诧异,也来不及忧虑。乐扬抬起头、举起手臂,鼓掌、呼喊。

凌岩无动于衷,轨迹终于与地面相交。

折断成碎片的机械翅膀、外露的苍白骨骼、血液,乐扬自觉将要直面这一切。乐扬不屑瞥一眼跳楼者的丑陋死相,也不惮目睹勇士的壮烈牺牲。

乐扬的脚下踏起无名的水花,飞跃向前。

凌岩起身,攀着黑色奔驰的反光镜滑下车顶。拍屁股上的灰,拍腿上的灰,拍肩上的灰,拍车头上的灰。汽车警报尖啸,凌岩停了手,瘸拐着踏进雨后的土坪。

"没摔死——不,没摔坏——"

对于坏而未死的人而言，乐扬最终选择拨急救电话，营救坠落的那一位。

救护车终于没能找到"高空坠落，伤情难测"的伤员。整个住宅区中，除驻扎藤蔓长廊织毛衣的女老人们以及二层露天车库角落打麻将的男老人以外，人类就只有呆坐在停车场草坪的少年两名。

"你们是不是——"救护车驾驶员如是问。

"只是在下坡车道上试了滑翔翼而已，没有跳楼。"

"伤员就是这一位。是英勇的扭伤吧，也可能是果敢的骨折。"乐扬用折断的翅膀蒙凌岩的脸，于是凌岩摇头改作叹息。

"两层楼高可不至于把我摔到骨折。你们把这个报假警的疯子抓走吧，抓到精神科。"

"要抓走的是你啊，抓去住院一星期——"乐扬推动凌岩薄而窄的身体，凌岩踉跄着前进又后退。

"医院可是小说终章的中转点、勇者义士的大本营、梦想实现的前哨站。"

乐扬的双眼与排比式同样不可抗拒。

凌岩没有三重的句式，连腿也封印了半条。独木难支，凌岩在周一中午的食堂门前挥洒传单，"飞行社期待您的加入"。高中生早已不是做梦的年龄，也未及现实，只有比眼光更迅速的步伐。

"也只有小学生还折折纸飞机。"德语特色班的英语课代表摊手歪头。

"机械和电路的部分完成之后可以找我编程。"数学特色班的信息科技课代表在传单上抄了手机号码。

"飞行啊,好厉害。"高一四班的洪泽,念白。

"觉得厉害的话就加入我们吧,今天下午三点半,教学楼楼顶天文台旁边的空地。"

"天文台上飞行啊,好厉害。"洪泽平薄着唇,说寡淡的话。凌岩绯红的脸颊也清冷,右手停止了伸与收,把刘海一把撸进帽檐下。

"七八杆一束的木也没可能直立,但翅膀只需两叶就足以飞翔——不久前有人对我说过这句话。"

凌岩弯腰,凌岩拎起散落的传单,闪烁而钢质的翼的画像被揉成一团,滑进洪泽垂落的掌中。

天文台上漫着干涸的水蒸气味,像是洪泽臂弯里残留的些许汗液,在优柔的夕阳与秋日面前如此不合时宜。两日前相见的少年曾说过一个秋季的温婉句子,用秋类比人生的结果。但凌岩记不得繁复的修辞,就连"翅膀只需两叶就足以飞翔"这句也只有看过自制的传单才说得囫囵。

凌岩能够记得的是"好厉害"。

凌岩嗅到了"好厉害"的腥臊,听闻了"好厉害"的沉闷,眼前浮现"好厉害"的肩胛棱角。但天文台是空的，燕子也绕道而行。

　　凌岩左手握着水晶色的蝴蝶翼与塑料碎片，右手攥着叠成四分之一的纸与汗水，踢踏云影。校门广场却是满的，影子都无处安放。

　　凌岩伸出右手，握十层楼下簇成片的马尾辫。揉皱的稿纸被水泥栏杆切成两半，坠落的那一半上，写着"感谢大家能够前来。"

　　下午五点整，终于也没有人前来。凌岩扯碎了剩下的一半稿纸——上衣口袋里还有两张备用。捏得缺角的蝴蝶翅膀用背包带挂在肩上，半是绒线帽色，半是夕阳红色。

　　凌岩翻身坐上护栏，高过头顶的塑料薄片把微风化作狂风。天空的层叠精彩到让人厌倦，不忍卒视。翅膀与天空是无缘的，凌岩用左腿严重扭伤证明了这一点。对于天空而言，二层的露天车库与十层高楼都是近似于零的起点；对于凌岩而言，则是一周的左腿与永远的生命。

　　凌岩惊而跃下护栏，跌倒在地，僵硬着下半身解开翅膀的背带，抚摸翼尾的裂痕。飞行将为一切添上裂痕，甚至只在人们看见"飞行社"三个字的一刻，凌岩已被遥控与自动飞机击溃了。

　　凌岩握住眼前裹着创可贴的纤细长手，站立。洪泽用铿锵的脸庞说："试飞结束了吗？"

　　试飞已经结束了。在恍若隔世的两日前，寂静的居民楼与雨后樟树包围中，杂草冒尖的网格形地砖上，似妖精的少年遥远注目下。

而没有惹人瞩目的夕阳，置人死地的高空与物理不及格的洪泽。与其在脑中装进愚蠢过分的洪泽，不如数数地砖。

"沉思是最好的老师——小飞侠这样认为吗？"

所谓妖精，即神出鬼没，言辞模糊，把掌心中的宝物碰碎在地上。

"至少你不这样认为。"

带着损毁到摇摇欲坠的蝴蝶翅膀穿过三条马路回到自家是一桩危险差事，在最后的一百步终于遭遇横祸。凌岩拔出卡进木地板缝的、已不成形的金属塑料混合物，掠过只长叶子的葡萄架，停在乐扬的鼻尖。

"梦想就是要大声疾呼着去实现，像是夏瑜那样。你知道夏瑜吗？你至少知道《药》——"

"那根本没有实现，我也不记得他大声疾呼了。"

"但我听见你大声疾呼了——售票室与演出一样精彩，只是不知道有没有给错过开场的鄙人预留座位呢？"

凌岩初次正视乐扬的脸庞，被蝶翼切成两半而显得更加圆滑。他大约比洪泽矮一个头，眼睛却有洪泽的两倍大。凌岩试图回想乐扬的某句箴言，或者没有必要回想，只等乐扬再度开口。

凌岩的武器从乐扬的鼻尖滑落到背脊。

凌岩是一名工匠，手握钳子与螺丝刀，在钢铁的桌面上裁剪与敲打的工匠。天文台只属于"飞行社"这个称谓。

凌岩也只有在天文台的角落做工匠的活，画图纸与弯铁丝，拼接出多姿彩的模型。夕阳初下时，洪泽提着篮球后的两瓶运动饮料观摩一番，说："这看起来就好帅，我可以用这瓶饮料换吗？"洪泽不知道，凌岩尚未注册的网店里翅膀售价五百元一副，只是把挂着水珠的蓝色的塑料瓶竖在凌岩右手边一米远。

"我昨天看了《虎口脱险》，结局里有种用汽车拖着跑的飞机。完成之后会像那样厉害吗？"

"你最好不要用'厉害'形容那种缺失美感的铁块。"

洪泽呼出夸张的"呜哇"声，以及提起凌岩情致的闪亮眼神。

大约再过三十分钟，乐扬唱着彼得潘推开天台大门，邀请凌岩一同回家去，并且热切期待着拒绝的言辞。称赞过"孑然一身的英雄"或是"独行侠"后，在饮料瓶下的水迹前方堆起新的铁与塑料。

"小区保安说，你试飞的时候他会帮你清场。这就是众人拾柴火焰高吧。"

凌岩不记得小区保安的相貌，拾柴的也只有乐扬一人。

凌岩收起两米长的翅膀模型,他的工作这时才真正开始。真正的翅膀,展开的单翼宽度是双臂的两倍,镶嵌着坚硬的羽毛线条,只有它才属于飞行的世界。

凌岩未曾想过要到达的,飞行的世界。

洪泽第十五次用汗与冰水打湿枯萎的天台地面,凌岩未等洪泽走近便大声说了"谢谢"。成品的翅膀已经摞成半身高,在凌岩的背后闪烁彩虹色。

"什么时候可以飞呢?"却只第一次发问。

"周五,'不能让时间淹没成功的喜悦',乐扬这样说。"也未曾期望有明确的答案。

"是只有凌岩学长飞呢,还是我也——"

沉默片刻,凌岩说:"只有你。"

年幼者的先行,无所事事者的唯一任务,或是用十五瓶运动饮料换来的认同。

"可能会失败,穿着防护用具来吧。'战斗开始前先认输的话,胜利的快感也会加倍。'"

这也是飞行社对洪泽而言的唯一意义。

防护用具依然没轮到洪泽准备。乐阳把头盔压在凌岩头顶,清亮的紫色下漏出深重的紫色。头盔与洪泽大一号的脑袋不算般配,青翼与生硬的停车场坡道也不合拍。

洪泽站在露天车库二层,坡道的顶端,前方白框划的车位宛如无限。俯冲，然后升空，飞行如此单纯。无需顾虑划破汽车外壳、林立在远方的香樟树也不在话下。

洪泽抻开双臂，锁在肩胛的翅膀几乎撑满车道。凌岩绕洪泽转了三圈，开锁又合，然后举起右手。远处的乐扬也举起右手。

凌岩初次试飞时没有这样的仪式，对于洪泽而言也并不存在。

"好了，去吧。"

洪泽认得的只有这一句。

洪泽这就去了。

迷人的双翼歪斜着划开天际线。

洪泽那样去了。

血流成河或是脑壳崩裂，断裂的手臂以及大腿，甚至化作蠹粉。惨烈的死状正合乎勇者扈从的身份，勇者扈从却只存在于乐扬的幻想世界。

洪泽扭转正面着地的脸庞。膝盖的破溃、飞落的头盔、歪斜的鼻梁，不值得惋惜、不值得惊叹。事件发生与结束全在乐扬的眼界之中，只是血已收干，飞溅的身体部位也全部粘合进洪泽的空腔。

"乐扬学长说的'普通'，比打篮球可激烈多了。"洪泽平淡的嗓音中夹杂着喘息，也仅是喘息。

"激烈即是意义，伤痕即是梦想。对于战士而言，这就是'普通'而已。"

"喔——那真厉害啊。"洪泽似是而非地点头。

凌岩飞奔而来，撕扯下垂在洪泽肩头的精致过分的翅膀，眼神与双翼一同在汗水濡湿的地面上翻覆。

"不行！完全没设计好，平稳性可控性都——这里还是裂缝的！"

"和算好的根本不一样，网上的教程也——"

"降落点用五层床垫，五层大概不够——"

"那个，那个谁，对不起——"

凌岩回过头，乐扬的灿烂笑容装满了他的整个眼眶。

"他坐车走了——这就是实践出真知吧。"

凌岩的脑中已浮现出修改方案，起飞与降落的整体构图相比一时兴起而制作的初版本已是天翻地覆的变化。要说这与洪泽的"实践"有无联系，答案是"没有"。

令人惊惧的天空早已由凌岩亲身体会，用翅膀飞行是九成的浪漫想象。炽天使的三对羽翼彼此掣肘，撒旦的骨翼比身躯更沉重，蝴蝶翅膀巨大到淹没躯干，钢铁的机翼期待着撕碎双腿的加速。

只有对此一无所知的乐扬才能无畏地高唱团结一心、鼓足勇气、坚定梦想。只有冷眼旁观的乐扬才能把一次心血来潮的试飞当做梦想起步。

"如你所愿，试飞你看过了，失败是第二次看过了。"

"梦想家踏着铺路人的肩膀前行,却是平生初见。"

"你说过'翅膀只需两扇就能飞翔',"凌岩记得的唯独这一句,"一侧是梦想家,一侧是铺路人,是一对不平衡而侧翻的翅膀啊。"

"如果我也是铺路人的话。"

乐扬向蹲坐在地的凌岩伸出手——那是一只窄小到无法承载一切的手。

"由你——由凌岩那逃避一切的肉身将我推向深渊吧。"

凌岩的网店正式开始营业,纯手工制作的装饰用翅膀专卖店,名为"苍燕飞翔"。店名没有任何意义,"要说飞翔,首先就是燕子"——从未制作过一对燕子翅膀的凌岩如是说。

凌岩不曾见过燕子,甚至不知道它是黑或者白。

下午四点三十分,初冬的太阳已有些黯淡,凌岩的绒线帽终于显得合乎时节了。凌岩推开教学楼十层的铁门,铁门之后是不属于人类的寒风世界。凌岩只看一眼,或者取过遗留的作品,转身下楼,留下洞开的铁栅栏。

教学楼五层楼梯口前的"青山依旧在"、校门边的工商银行、天桥下的鲜肉月饼专卖店、居民区中的藤蔓长廊、停车场,越过这一切之后,凌岩确信不会再见到乐扬了。凌岩也不至急于取出把撑满书包而变形的翅膀部件,只是打开拉链，抚慰一番。

或是与乐扬照面。乐扬把刚出炉的鲜肉月饼连同细碎的落叶一同堵在凌岩的嘴边，说："英雄要靠食物复活。"凌岩不会拒绝，然而英雄也不会复活。吃过第六只月饼之后，乐扬终于改变台词："你的翅膀去了哪里？"

凌岩蠕动身体掩藏怪异地鼓胀着的背包，咯吱碰撞。燕子是下等的动物，十七岁的凌岩已不是可以辱没人类英智的年龄，凌岩至少有一副数学满分的大脑。

"扮演小飞侠的游戏也该玩腻了吧。"

"凌岩——那位背着超现实的翅膀坠落着的凌岩，只是把它当做一场游戏吗？"

比起游戏，或许更像是不经意的脱口而出，"今天吃摩洛哥菜吧"，于是制作了不像样的咖喱和薄饼。东南亚菜的大厨甚至没想过让客人面见它们，潦草地下肚之后，明晨便全部忘却，得到美食家的临幸也全是偶然。

美食家的惊叹与期待难以忘却。摩洛哥菜的背后或许藏着喝彩，藏着未来，藏着人类的希望。

"连游戏也不如的胡作非为，就到此为止。"

凌岩只是东南亚菜的大厨——凌岩只是翅膀模型制作者。

"苍燕飞翔"没有接到订单，只收到一条私信：有真的能让人飞起来的翅膀吗？

"当然没有。"脱口而出，唾沫飞溅在显示器上。

那是乐扬对凌岩的第一次提问，也是凌岩第一次把体液喷射上乐扬的皮肤。乐扬用一贯的笑容说："开始之前就认输，成功的喜悦也会加倍吧。"

"'即使最后不能飞也不要紧'，我会为这种订单用心制作的。"

收到确认购买的信息时，承载过凌岩扭伤的左腿与洪泽断裂的鼻梁的钢铁骨架已铺了满地。己身的伤痛不可承受，洪泽的信任也令人于心不忍，这对翼能承载的只是远方的虚影。

那虚影有一副纵使坠亡也无动于衷的笑容，高喊"我以我血荐轩辕"时也不畏缩的胸膛。凌岩盘腿坐下，左腿的裂痛仿佛只在昨日。

扭伤、坠落以至飞翔本身，都无法用一句"可惜"或者一声叹息面对，合适的评语就只有"愚蠢"。若是有人问起背后的翅膀，凌岩会说："这是同学间的大冒险游戏。"

凌岩直着左腿坐在停车场边的防护带上，数地砖格子。乐扬没有叹息，也未说"愚蠢"，却只提了毫不相干的问："你喜欢鲁迅吗？"

凌岩还未决定用"还行""一般"或是"说实话不喜欢"回答，乐扬已经给出了跳跃性的标准答案，"我很喜欢你的翅膀"。凌岩不知道自己对鲁迅的理解偏差到了什么地步，或者这副翅膀联系着某一部未曾读过的小说。凌岩不在乎鲁迅，疼痛与应付救护车的烦恼已足够应接不暇了。

"这只是——"

"只是成为英雄的最初一步。"

凌岩呆滞，从背上解下已磕断的翼。那只是制作翅膀模型之余，只用一次失败就足以停止的痴心妄想罢了。

"第二步是什么呢？"所谓的喜欢、第一步，纵使只是嘲讽，凌岩也不得不问。

"七八杆一束的木也没可能直立，但翅膀只需两叶就足以飞翔。"

凌岩不由自主地点了头——至少需要代受摔伤的试飞员一名。

"经过那样热烈的夏日之后，丰收与惨淡的秋也会来临——同伴的牺牲是第三步。然后，第四步是牺牲自我。"

扮演顾客的把戏根本用不上"识破"两个字，收货地点被安排在熟悉的停车场上。

翅膀被漆成了黑与白，躺在寒冷的水泥地上，凌岩望奔跑着赶来的乐扬，说："摔伤摔死，后果自负。"

乐扬捧起翅膀，抬到肩后："至少为我安上翅膀吧，作为售后服务。"

凌岩只移动手，脸色无动于衷。
"鲁迅可不会为这种莫名其妙的目标而战。"
乐扬早已了然，但这无关紧要。
"因为这是只属于翅膀模型制造者的价值。"

乐扬出发了。
乐扬与天空无关，只是不经意间驶向了太阳。那身姿并不矫健，在风中摇摇欲坠。
乐扬从未设想过飞行的感受，无非是飞机升空的失重，亦或过山车的激烈加速。不及十米高的俯瞰风景相比司空见惯的八十层高楼一文不值，破风的气势甚至不及双层观景巴士，飞翔与预料中一样乏味至极。
乐扬也曾试问：飞行的意义何在。坐惯了飞机，看厌了宇宙星图的乐扬无法回答。惯于杀头表演的过路人，纵使踏上了勇者的舞台也只是一名阿Q。
乐扬忽而升高，扭转方向，飞燕般穿行在树冠之间，或说是机械地躲避树杈撞击。
乐扬成功了，宛如百年前的莱特。
乐扬可以摔断鼻梁，可以裂伤小腿，可以撞折小臂，可以瞬间昏迷，但乐扬不能成为莱特，没有人可以成为莱特。
乐扬想起过夏瑜，但他无法再想象一些血流成河的画面，也难以描绘自己的躯干。翅膀被树枝划破，于是坠落了,仅此而已。

凌岩望见道路尽头,流畅的飞行故意到做作地戛然而止。乐扬或许会称之为"高傲的出神""与天空精神统一",凌岩用左手遮挡额头前的阳光,说:"找死啊。"

那并不是气话或者玩笑话,凌岩走过十号与九号楼,跑过刚补过漆的八号七号与六号楼,在藤蔓的长廊上三段跳。

完整的乐扬扶着完整的翅膀坐在二号楼的屋檐下。

"还好没有一头撞死在树上,不然麻烦可大了。"凌岩扯下盛了汗的绒线帽,砸在乐扬的眉心。

"你为什么会有飞翔的梦想?"月余前,乐扬拨打救护电话时就几乎叫嚣而出的疑问,终于冲破绒线帽覆着的口鼻,张牙舞爪着袭来。

"模型做得太多——'万一真的能飞'——偶尔就会这样胡思乱想,于是尝试了一次——结果和预料一样失败,你也看到啦。"

"应付路人的说辞是这样,梦想如何呢?"

凌岩拥有的只是脆弱的真心话,以及应对质问的皱眉与歪斜脑袋。

"触摸或许存在的天际线,像燕子一样感受天空,或者仅仅为了飞翔而飞翔。那样,也许不被世人理解,却可以为之付出一切的——"

"根本就没有啊,那种两百年前的八岁小孩才会喜欢的东西。"凌岩抓起翅膀的一端,卸成两半、拆成四瓣。

从关节处肢解成部件的翅膀被塞进巨硕的塑料袋,连同被乐扬的排比句与文字游戏一起。

"于是,乐扬牺牲了,精神层面的。"

"打倒了蛊惑凌岩学长的罪魁祸首,真是厉害啊。"

冬风中的天文台上,凌岩与洪泽俯瞰空旷的操场。

"那样的话,翅膀都直接丢掉吧,这种只会让人摔伤的翅膀。"

"但是,如果真的可以飞——"

在某一个高中生发明竞赛中得奖,"苍燕飞翔"传遍全国,自己则得到同济大学的破格录取——也不是全无可能。

"那就再让我来吧,摔过一次就不怕第二次。"

凌岩望向洪泽呆笑着的脸庞,以及那之后的深远天空。

"跨过丰收与惨淡的秋之后,第四步,即是——"

凌岩不记得华丽而残酷的台词,只是,翅膀必将与凌岩融为一体。

凌岩用美丽形容天空,用浪漫形容飞翔,翅膀的价值单薄地存在着,翅膀的制作脆弱地进行着。只需一句否定就分崩离析，只需一次失望就束之高阁。凌岩带着这样的翅膀登上了十层楼。

凌岩梦想着食之不竭的鲜肉月饼、登上销量榜首的"苍燕飞翔"、远离伤痛地活到九十八岁、欢呼掌声中端起水晶奖杯。

凌岩的眼前是十层楼的深渊。

乐扬站在天文台的墙根，与汹涌的参观者们摩肩接踵。步向断头台的既不是勇士，幻想家乐扬就不惮做一名看客。

翼尖是黑色，翅根则是白色，背脊中央的芝麻团子色与留得过长的黑发尚且相称。乐扬握着凌岩的紫色绒线帽暗笑。

"啊，乐扬学长不是阴谋崩溃，一蹶不振了吗？"

"'第三步是牺牲同伴，第四步是牺牲自己'，目的明确的我不知道凌岩在反复无常些什么。"

"凌岩学长因为看你飞得很顺利，想要用这个来上新闻。"

高中生佩戴玩具翅膀跳楼自杀可算不上一条好新闻，然而，过程忽略不计。

凌岩从视界中消失了。

乐扬踏过人群，水泥栏杆上的温度已被吹尽。消防救生网上没有人形，操场与操场外的街道上没有人形。

大约是化作蠹粉、灰飞烟灭——那是只有凌岩才配得上的末路，也是只有乐扬才有资格观看的终幕。

苍燕的翼从乐扬发梢掠过。

库生

一

任库生愈发不上进了，整个仲凯一村的老人都知道，任库生进了高中以后，整天都不好好学习，成绩越来越差，脸色都不太好看了。这话最初是小王老师对任库生的外婆徐老师说的：任库生中考成绩全班第七，入学摸底考全班第八，第二个学期的期中考试刚过，他已经在三十五个同学里排名第二十九了。水果店王老板私下里说："成绩差，脸色不好看，像个吸毒鬼。"保安老谭照着他的大腿来了一棍子，"放你娘的屁。"

徐老师是一个德高望重的小学语文老师，她的儿孙们也容不得这等污蔑。当然，这更是因为徐老师整天都坐在仲凯一村的门卫室前，手里结着紫灰色的毛线裤，眼睛望着仲凯北路北边的铁路。仲凯北路往南通往一道围墙，围墙里是军队的营房。徐老师没见过围墙对面的样子，只知道他们每天清晨都高喊"一、二、三、四"，傍晚时候也总要喊一次。

那时候，铁路上会驶过一辆绿皮的货运列车。徐老师戴上眼镜，用力朝车厢节间缝隙望，她总像是望见了任库生瘦削的手臂与脖颈，以及松垮的秋季运动校服。等到火车开过，或许能看见任库生从黑烟中探出脑袋来，更多时候就只是仲凯一村里的一个其他住户。无论看到的是谁，徐老师总是缩起蜷曲的手，满是色斑的脸上褶皱出一个勉强的笑，说："转来啦。"

"转来"就是"回来"的意思。"是啊，转来了。"张珀光是唯一一个不止如此答应，还要停下脚步说一句"徐老师坐在此地冷不冷"的人。

徐老师说："张珀光是个好小孩，阿生老早也是个好小孩，现在不灵啦，这趟考试考了全班倒数第七名。你好不好帮我想想办法？"

保安老谭从门卫室里钻出个头来，哑着嗓子喊："又来了，祥林嫂又来了。唠唠叨叨，顶派不上用场，要是让我来带阿生，给他个清闲，问题老早就解决了。"

徐老师说："张珀光是个好小孩，他高兴听我唠叨，对吧。"

张珀光已经大学三年级了，但他的确像是个好小孩的样子，眼睛向下、微笑、轻缓地点头。老谭啐了一声："也就只有他，一个礼拜回来一次。每天下班回家的早都被你烦死了。"

徐老师说:"张珀光你不要睬他,你讲讲,你怎么学习成绩这么好?平常都是怎么读书的?"徐老师手里提着一条毛线裤管,要是穿在任库生腿上,那就毁了他纤细的身材。张珀光垂眼看着毛线裤管,没有回答。

老谭说:"人家脑子聪明,你学也学不来的。"

徐老师说:"世上无难事,只怕有心人啊。"

火车的煤烟沿着水泥路渐渐散开:"哎,任库生转来了。"

整个仲凯一村的老人都知道,张珀光是小区里最懂事、最聪明的孩子。徐老师越来越老了,驼背严重到脑袋比背脊高不了多少,色斑扩展到满脸,王老板说:"徐老师看起来像个非洲人了。"张珀光是个懂事的孩子,他总是垂着眼,望着任库生的步伐,适时地搀起徐老师,喊:"任库生转来啦。"

王老板说:"聪明小孩到底不一样,看人都是看腿的。"话音未落,张珀光的眼神未转,老谭已经剜了王老板一眼,"你不晓得就不要瞎讲。"

任库生小跑着走近——他果然一周比一周瘦了,张珀光说:"人家学习够用功、够辛苦的,腿上都没肉了。"徐老师碎着步子朝小区里走:"看看张珀光多少懂事、多少争气,还知道替你讲话——腿上没肉又派不上用场。"任库生的眼睛却从张珀光脸上移开,回身低头看了一眼自己的腿肚子,"我是一直觉得小光哥很厉害的。"

老谭望着一老二少的身影一路踱进小区花园,突然冒出一句:任库生的脾气不总是那么好的。王老板放下手里的澳洲黄金猕猴桃纸箱,揣起一个烂了一角的苹果塞进门卫室窗口,"祥林嫂总算走了,你也不嫌贬她作?"

王老板的水果店开张不过个把月,他不知道徐老师的好几十个学生遍布整个仲凯一村。八号楼小王老师中秋节给徐老师送了一盒杏花楼月饼。七号楼刘医生重阳节给徐老师送了两对阳澄湖大闸蟹。六号楼张珀光什么也没送过。

小区里的老人都说,张珀光以后是要当总理的。未来的总理亲自扶徐老师起身,这就顶一千盒月饼、一万只大闸蟹。

"张珀光是她的学生?老太婆都八十岁了吧。"

徐老师二十七八岁养了任库生的母亲,这是老谭从徐老师的闲言碎语中推测来的。任库生的母亲养任库生的时候已经高龄了,难产而死也没人惊讶,这倒是老谭亲眼所见。如此说来,徐老师的确该有八十岁。但卫生院刘医生总说,年龄不是问题,生小孩不去医院就是大问题了。

水果店与隔壁药房原本是一家超市,任库生的母亲是超市里的仓库管理员。任库生之所以叫任库生,就是因为他出生在仓库里。任库生的母亲想要叫他任亥,庙门口卖净素月饼的老尼姑说：属兔子的，又是十二月份出生，图个吉利，就叫亥好了。

徐老师也觉得任亥是个好名字，逮着路过的邻居说："这个字有文化，又没人在名字里用，你们觉得灵不灵？"仲凯街道文化站张站长说："蛮好的，蛮好的。"张站长的孙子张珀光说："秦二世胡亥，名字里也有亥。"

徐老师更加觉得任亥是个好名字，十二月也是一个美好的月份。

因为十二月是商场职员发年终奖金的月份，年终奖金等同于一个半月的工资，还有全勤奖，相当于半个月的工资——任库生的母亲连任了十三年的优秀职工，但产假意味着放弃这四千块钱的收入。

预产期是十二月二十五日，任库生的母亲说："我屏个两天，然后把三天调休假用了。"

十二月二十五日，任库生的母亲屏死了。傍晚，火车留下的黑烟弥漫在黄色的空气中。张站长牵着张珀光的手穿过铁路，与救护车擦身而过，女人纤瘦苍白的双腿正被扛进一辆五菱面包车。还被叫做小谭的保安老谭说："钞票有也好没也好，保命是顶重要了。"

二

这故事任库生听过一百遍、一千遍、一万遍，从出生、六岁学会念第一篇课文、十二岁得了全区数学竞赛优胜奖,一直听到现在。徐老师说给小区里的老人听,老人们又说给任库生听。这些老人们大都在七八年前搬去了市中心,或者至少去了铁路对面三条马路外,二十五层楼带电梯的新式住宅区。任库生下楼散步的时候不再有人拦住他,说一句"你要好好读书,你外婆不容易"了。

　　天总是半暗不暗,浅灰深蓝,黄昏的颜色是很少见的。两个小时前的火车留下煤烟,萦绕在铁轨边的树叶上;每天每夜驶过的货运列车在铁轨上刻入二甲苯的气味与红黄蓝绿的染色。任库生走出仲凯一村的大门,老谭说:"不在家里做功课,出来兜兜风啊?"

　　任库生差点儿就驻足在门卫室前,却一百八十度转向。任库生终于没理睬老谭,他沿着路灯的轨迹走到铁路上,铁路下铺着黯灰的碎石,碎石边是被修剪成立方体的矮树,矮树外侧是松树,冬天时会往下掉松果。

　　任库生只想到这样几句描述,这不过是他每天要经过两次的铁路罢了。仲凯一村里没有一个居民会傻到选择在铁路边上散步,老谭总说,每天在铁路边上等等等,上班等十分钟,下班等十分钟,戆卵才没等够,直到张珀光第五次夜游铁路。

　　任库生可以是戆卵,但张珀光不可以。

　　任库生在出门前就预料到了张珀光的背影,他一路跟在他身后,一直到铁路边,才喊了一声:"小光哥,你在想啥？"

张珀光说："我在想高温超导的事情。"

天知道什么是高温超导，至少任库生不想知道。任库生只想知道铁路有哪点好？张珀光早就该抛弃这些一成不变的军队晨练、铁轨上没日没夜的轰鸣与烟气，以及掉光了漆的旧楼房，张珀光配得上一出门就是购物中心、往外走两步就是大学图书馆的大厦。

张珀光涣散的眼神聚焦到任库生身上，张珀光的眼睛和任库生的头顶心一样高，一抬头就可以看见散乱的头发，一低头就是旧运动鞋里没穿袜子的脚。张珀光说："穿袜子比不穿要好看。"

张珀光说过，铁路能让他好好回想新近的过去。这不是个令人满意的答案，但徐老师告诉任库生，"小光总是有道理的。"

任库生轻仰着注视张珀光的眼睛，他还想起老谭昨天、前天、大前天都说过"不穿袜子要冷的"——他果真想起了新近的过去。

任库生还是轻仰着头，张珀光到底也没有抓一把他的肩膀。张珀光说："你这两天是瘦下去一点了，蛮灵的。"

任库生依然轻仰着头，路灯把张珀光的脸染红了。张珀光说："老谭师傅喊我做你的家教，你高兴的话我就答应他。"

任库生始终轻仰着头。张珀光往后退了一步，低头可以看见任库生腿部全貌的距离。张珀光说:"你要不要帮我想想看,提高高温超导转变温度的关键在哪里?"

天知道什么是转变温度,任库生一点儿也不想知道。可他还是说:"好的呀,这个温度是什么意思?"

任库生没能在铁路边上停留太久。任库生的裤子长到膝盖上五厘米,短袖从肩膀向下挂十厘米。老谭说:"外面到底还是有点冷的吧。"

也许不仅是因为冷,没几个年轻人愿意出门散步的。散步是徐老师的习惯,如今徐老师爬楼梯有些吃力了,这习惯就被剪贴到任库生的身上。任库生四五岁时每夜都被徐老师带出门,和每一个路过的邻居打招呼:阿姨好、叔叔好、哥哥好、小哥哥好、小光哥好。

任库生一周只能见一两次小光哥,但徐老师给小光哥起了独有的名字。她是有先见之明的,其余的七八个"哥哥"全都与整个仲凯一村断了来往。"因为只有张珀光这样聪明的孩子才能想去哪儿上学就去哪儿上学,想什么时候散步就什么时候散步。"徐老师两个月前宣布了她的识人秘诀。

老谭认为,满小区的老人里,徐老师只看得上文化站张站长,因此只喊得出张站长的孙子——张珀光的名字。老谭看见任库生的身后跟着张珀光,任库生就该和张珀光在一块儿,老谭也只喊得出这两个孩子的名字。老谭说:"你们两个就要多一道出门,现在的小孩啊,没有朋友,冷清得不得了。"他一打开门卫室的窗户就觉得夜风有点儿凉了,老谭穿着外套,张珀光穿着连帽衫,任库生却连毛发都没长多少,"要命啊,任库生你好不好多穿一件衣裳。"

任库生依然没理睬老谭。老谭甚至不记得任库生与自己说过一句话,即使在被徐老师逼迫着招呼邻居的时候,也没喊过一句"谭师傅"。老谭做了三十年保安,眼睁睁看着和自己对话的居民日益减少。一般的保安好歹能收个停车费,这逼仄破败的小区却连个停车的位置也腾不出。老谭只能翻来覆去地看些电视节目,最近的家庭纠纷调解节目让他成了一名心理学家以及教育家,他判断任库生这是到了叛逆期,需要额外的关心与帮助。老谭每天就只能和徐老师多说两句,但徐老师也没把他当回事:"阿生十六岁了,叛逆期老早过了。"

老人总是容易掉以轻心,但张珀光一定是睿智的。老谭把脑袋伸出窗户,拍拍任库生的肩说:"你要着凉了,快点到屋里去吧,我跟你小光哥讲两句话。"任库生的身子倏地抽离老谭,说:"小光哥再会"。张珀光伸出手,手掌贴在任库生肩上,袖口与皮肤的交界处。"任库生现在是内火最旺盛的时候,穿这点儿正好。"

任库生走出两三步,树荫下的拐角处,老谭的嗓门响起来:"我觉得任库生现在需要额外的关心与帮助,你看看——"

老谭只是从电视节目里学来了"额外的关心与帮助"一句话。张珀光说:"晓得了",张珀光说晓得就是真的晓得。老谭看见张珀光微笑着,张珀光总是微笑着的,今天也不例外。

三

老谭告诉王老板:他如果养了小孩,他首先得教这个小孩懂礼貌,看见大人得喊阿叔阿姨,还得笑,笑的时候要咧开嘴,像张珀光那样。

还有,他读书好不好其实无所谓,那不是老谭能够强求来的。徐老师是个优秀的小学老师,她的女儿却只做了一个仓库管理员,她的外孙任库生数学测验都快不及格了。老谭一共读过五年的书,数学就从来没有及格过。但他还是活得好好的,自从他被发小安排来做了这个保安,他这一辈子就一直活得好好的。

老谭被发小安排了工作,被舅妈安排了老婆。他早就到了安排别人的年纪了,他舅妈五十岁的时候,已经给十五个男人找了对象。但老谭是不会给他自己的儿子找对象的,现在的小孩儿都是自管自地谈恋爱。

老谭也不会给他的儿子安排工作,他没这个本事;他也不会给他的儿子安排学校、安排该读的书、安排每天看电视的时间。优秀的孩子都不是靠管出来的,电视节目里总是这样说,老谭记得很清楚。

还有,每一个进入叛逆期的孩子都需要额外的关心与帮助,需要引导,需要潜移默化的爱。老谭记得很清楚。

老谭还知道:父亲不能做一个指挥者,而是要与孩子一起成长;父亲应该成为孩子的朋友;父亲应该把孩子看做一个独立的人——

老谭在任何方面都是一名优秀的父亲,除了他还不是一名父亲。

王老板说:"你一把年纪,还想什么养小孩?就算是你老婆能养得出小孩,你也没有这个本事了。"

老谭从来就没指望他家里那个舅妈带来的干瘪女人能养出小孩,她屁股小,腿又细,天生不是生孩子的料。

老谭说:"任库生这个样子下去,长大以后要怎么过呢?"

任库生没有姆妈,徐老师已经八十多岁了,整个仲恺一村里,任库生的同龄人也就只有一个张珀光。任库生没有发小,也没有舅妈……

任库生回来了,他的数学测验真的没及格,老谭抓着徐老师的臂膀说:"要是阿生是我的小孩啊,我就让张珀光当他的家教。张珀光,读书那么好,又是隔壁邻居。你晓不晓得,朋友才是最好的老师。"

徐老师攀着任库生颤巍巍地直起腿,"张珀光读书倒是好的,就是不晓得——"

王老板朝徐老师手里塞了一个橘子,又给任库生手里塞了一杯生梨汁,"新业务,鲜榨果汁,外面买买要大价钱的。"

老谭说:"管你新业务旧业务,不要打扰我们。"

"——不晓得他教课怎么样,又不晓得他有不有空,高不高兴来。"徐老师明显地偷瞄任库生一眼。任库生说:"不要紧的,试试看好了。"

小王老师刚给任库生上过四节家教课,这四节毫无效果的课是用徐老师四个月的口舌换来的。二月初,任库生说:"现在过年,全世界估计只有你们几个在想家教的事情。"他说的也有些道理,一下就有道理到了晚春。

夏日还没有来临,任库生太早地换上了短裤。徐老师说:"你要注意保暖,我们家里人都容易骨质疏松的。"

火车带来劲风,任库生下意识地抚摸受了凉的外侧膝盖、膝盖下的凸起,以及小腿上硬生生的绒毛。

任库生小腿上的毛发有些扎手,抚摸的触感像是吉他弦。徐老师说,这大概和秃顶是一回事,于是买了黑芝麻,煮了黑豆排骨汤。任库生不过是偷偷刮了腿毛,但黑豆味道还是好的。

张珀光也尝了徐老师煮的黑豆排骨汤,说:"我们先上一节课试试吧。"

任库生家的格局与张珀光家是相同的,房间的位置也相同,窗外能望见的都是半棵玉兰树,更远处是石子铺的铁路。徐老师说:"那我到门卫室去白相一歇,你们课上完就来楼下寻我。"

徐老师关上门,门背后的张珀光说:"你整天要管腿上的毛,不麻烦吗?"

张珀光喝汤的时候就端详着任库生的小腿,一边看,眼珠子还一边转。

张珀光回答再难的数学题,眼珠子都用不着转的。"阿生腿上肯定是有点疑难杂症了。"徐老师坐在门卫室前的藤椅上,与过路的老人挥手打了个招呼,然后说:"我听说刘医生认得华山医院的人。"

王老板说:"眼乌珠转一转就是疑难杂症了?要是别人眼乌珠乱转——"数钞票的手指蘸了一记口水,"那都要被讲成是流氓的。"

任库生的腿型长得漂亮,王老板每天看着无数条腿钻进铁路上的黑烟,或者从氤氲中冒出来:红色高跟鞋和牛仔裤的女人、白皮鞋和灰西裤的男人,还有一周一次,黑色窄口裤天蓝色连帽衫身材足够匀称的张珀光。水果店开张的第一天,穿绣花亚麻长裤的徐老师说:我孙子喜欢吃生梨,刚穿过铁路的就是我孙子。

王老板的眼睛沿着仲凯北路上的双黄线向前望,他看见了一双腿。

王老板傻了。那不是他两个月前摸过的邱晓利的腿吗？邱晓利的腿是王老板看过最美丽的腿：纤细修长却有力量，白皙光洁却不做作。邱晓利是王老板家的常客了，她说："你戆掉啦？我问你这条裤子有没有尺码小一点的。"

王老板在开水果店前开了十几年裤子店，周遭居民都知道他爱盯着人腿看，像个流氓，但王老板家的裤子的确是又好看又便宜。王老板没回答邱晓利的话，却把手伸到了邱晓利裸露的小腿上。邱晓利的腿看着漂亮，摸起来却不柔顺，主要是肉少骨头多。邱晓利喊："流氓啊你。"王老板终于真的成了流氓。

王老板沿着"邱晓利"的腿往上看，却看见挽在膝盖上的一团校服长裤，再往上，是运动校服，然后，细长的脖子上顶着一张男学生的脸。幸亏任库生是个男学生。

王老板关了裤子店，是不想再和男人抑或女人的腿产生亲密关系，他想做个正经人，好好把水果店经营下去。徐老师蜷成一团的身体陷进藤椅里，午间阳光沐浴着棕色绣花亚麻布包裹的下半身。徐老师长吁一口气道："老谭一直这么关心阿生，想想也是不容易的。我帮他起名字叫任库生，就是因为他从小到大没姆妈，王老板，你大概还不晓得，阿生从小到大就没姆妈——"

老谭也跟着长吁一口气，身子钻回门卫室里，"祥林嫂又来了"。

四

老谭是个日班保安，早上八点上班，晚上八点下班。老谭一般会提前一小时到岗，那时刻，军营的围墙里刚好传出晨练的口号声，和傍晚操练的口号声没什么区别，就像上学去的任库生与放学来的任库生一样。

徐老师早就在门卫室前端坐着了，她望见老谭锁上脚踏车，尖着嗓子喊："你啥时候开始掉头发的？"

老谭没回答她，他不记得自己掉过头发，不知不觉间就秃头了。

徐老师的嗓子也许是全身最年轻的部分，才四十来岁的王老板说起话来却沙哑到每一个字都一波三折。王老板说："跟你讲了桂圆对头发好，到我这里来买两斤，让任库生吃吃。"

"瞎讲有什么好讲，五月份哪里来的桂圆？"

"海南岛桂圆，空运过来的。"

"那也派不上什么用场。"

王老板笑了，笑出粉笔在黑板上写字的声音，然后在店门口摆出"海南空运新鲜桂圆"的小黑板，后边跟着十来个感叹号。

老谭刚准备陪帮着笑两声，嘴还没张开就被徐老师捉住袖口,"你啥时候开始掉头发的?"

老谭做了三十年保安,先是看着张珀光长大,再是看着任库生长大。他们穿过铁路,行走在仲凯北路上,每一个脚步都逃不脱老谭的视线,可老谭想不起来任库生腿上有毛没毛。

任库生又不是女人,老谭想,他也不是王老板这样的流氓。昨天夜里,老谭被他的老婆骂了,骂他在重要时刻想其他女人。老谭没有还嘴。在他老婆的眼里,所有男人都是流氓,有王老板这样被抓了现行的,更多的是像老谭这样,光动动脑子,没机会付诸实践的。

老谭的老婆说得对,老谭的确没有机会实践。整个小区里的上百个年轻女性里,他也就叫得出一个小王老师,小王老师长得不丑,但圆脸和雀斑到底也让人流氓不起来。与曾经得天独厚、能天天给人换裤子的王老板相比,他只是少了一点儿机遇——也许还少了一点儿魄力。

老谭在门卫室的木凳上坐正,清嗓道:"任库生要是我的小孩啊,腿爱长毛不长毛。他现在是叛逆期,尤其需要我们的关心和帮助,哪里管得上这种无关紧要的事情呢?"

穿堂风一路从铁道吹到徐老师脚下,裹苹果的纸套在风圈里旋转,旋转。老谭眺望着空旷的柏油马路,任库生总是出现在马路的右侧,瘦削的身躯,白亮的皮肤——他终于没能想起任库生的腿上到底有毛还是没毛。

徐老师说:"你讲下去呀。"

但老谭想起站在门卫室外,眼神向下倾斜的张珀光。张珀光是个聪明的孩子,他的一举一动总该有道理。

徐老师的毛衣从袖口织到臂弯,从臂弯织到腋窝底下,夕阳从绿毛线编成的腋窝一直延长到徐老师脚下,徐老师拍拍门卫室的窗户,"你伸手给我比一下,长短差不多吗?"

老谭放下电视遥控器,拉开窗,往外捅出一个邋遢的臂膀,"你怎么就不担心一下任库生呢?"

徐老师亚麻布裤腿上漂浮着褪色的兰花,"长短差不多,袖子粗了一点,里面穿一件,正好——阿生,你讲是不是?"

老谭猛地转过头,任库生正跨过铁路,跌宕起伏地往这边走,肩膀很窄,手臂很细,脸颊很白……

老谭把脑袋卡进窗框,视线卡在任库生的腰上。任库生走到徐老师跟前,扶起她,"宽一点就宽一点,差不多就好了。"

视点向上,视线向下,后脑勺磕在窗框顶上。老谭窜起身,破门而出,脱了一半的皮鞋落下两级台阶,"阿生,不要急,不要急——"

老谭看见了任库生的腿肚子。白嫩、饱满,比他老婆的像样多了。

老谭说:"你好不好转过来,给我看一眼。"

任库生扭过头,顺便扭转了半个上半身。老谭没有看见任库生诧异的眼神,自顾自地开口道:"腿也转过来,给我看一下。"

任库生腿上的短毛的确不合常理,却显得有些精致,老谭试图回想、联想甚至幻想,他白看了一整天的毛发病视频,任库生的症状不符合任何病症的任何范例。

他的双腿只像是一个独特的人工造物,比如,刚剃出来的板寸头。

一辆完整的火车驶过。徐老师喊:"你看什么东西,看好没有?"

老谭说:"我看了。阿生的裤子是不太合适,你还是给他换一条。换一条好。"

一条运动裤,天蓝色。最喜欢天蓝色的好像是张珀光,从小喜欢,不是任库生。

任库生日益消瘦,成绩下滑,任库生需要额外的关心与帮助,但不是在腿的方面——这是连老谭也能明白的道理。

五

王老板说"任库生到底是小伙子,穿什么衣服都好看"时,老谭没有用棍子敲王老板,也没有说"放你娘的屁"。也许是因为老谭终于拥有了发现美的眼睛,也许只是意识到世界上存在着发现美的眼睛。

任库生写算式的笔变得迟缓,捅穿纸面,然后停止——当然不是为了揣测一个四层楼以下、二百米以外的门卫的想法。张珀光抬起眼,"挺对的,然后,最好把系数放到 log 里面去。"

任库生没有动手,他盖上笔帽,转头看着张珀光的眼睛。张珀光的眼睛不够大,但他笑了,"那就休息十分钟吧。"

"今天外婆去庙里,要过两三个钟头才会回来。"

任库生喜欢看张珀光的笑脸,但张珀光的笑脸总是一成不变,他说:"那今天多做一章节吧。"

任库生站起来时,像一根纤细的琴弦被谁轻拨一下,"能不能不要总是做题目?做点别的,比如——"

张珀光是一个优秀的数学老师,并且不仅是一个优秀的数学老师。张珀光的笑脸总是一成不变,他也许享受着任库生带着温度的目光,也许忍受着,他用暖热的手掌把任库生按回座位:"等你考上大学以后,我说了好多次了。继续吧,至少把这一章做完。"

任库生已经拥有两条美好的腿了,他打造了自己的双腿,按照他的审美,当然,张珀光从不表示反对。任库生的肤色足够光洁,卷上的裤腿让它不过于苍白;他的身材足够纤细,每天的行走让它不过于干枯;还有用剪刀剔除的毛发——

每天都给任库生榨果汁的王老板只对任库生说过一句完整的话：一个人看上去越是正派，背后头就越是阴暗。这话也许不完全正确：任库生表面上就不那么正派，事实上当然也一样不正派。

今天，张珀光教会了任库生六道数学题，把三个公式烙印在任库生的脑海里。张珀光是一个合格的老师，但任库生不是一个合格的学生。再过两周就是月考，再过六周就是期末考试：那将证明张珀光无法拯救任库生。

张珀光合上任库生的练习册，又合上他的黑色笔记本，"今天学得挺好，明天我们再把最后几个难点补完——"

每一个老师都会这样说，任库生也依然会考不及格。任库生抬起头，张珀光的眼睛不大，张珀光的左脸颊上有一块色斑，与右脸颊上的阴影形成一双翅膀的形状。任库生听见门被推开的声音，张珀光的眼光向上移，冲着门口说："我们结束了，任库生很认真的。"

徐老师从门外探进布满色斑的脸，"到底是张珀光，天都这么暗了，留下来吃个晚饭吧。"

张珀光说不用了，徐老师紧走几步，捉住张珀光的手，"我排骨汤炖了一整天了，吃一碗再回去吧。"

张珀光是理应喝一碗汤的，徐老师的尖锐嗓音似乎否决了所有的拒绝。任库生却一步跨到张珀光面前，一把抓下徐老师干枯的手掌,窗外响起"一二三四"的口号声。

任库生与徐老师面面相觑地听完这一声口号,直到最后一个字的尾音也彻底消散。任库生说:"小光哥要跟同学出去吃饭呢。"

任库生回头看张珀光。张珀光依然微笑着,他说:"那我回去了。"

任库生没有说"再会",他知道徐老师会将他斥为"不懂事体"。任库生看着张珀光穿鞋,出门,最后一丝门缝合上门框,他明天还是会来的。

张珀光一路走到门卫室,他要去铁道另一侧的拉面店吃晚饭。一如既往地,从门卫室窗户里伸出的老谭的头颅拦住了张珀光,老谭满脸堆着情景喜剧的笑容,"任库生怎么样?"

"任库生——就像你说的,他需要额外的关心与帮助。"

老谭仰起头,破锣嗓子里爆发出情景喜剧的背景笑声,"我是说,你觉得任库生怎么样?"

任库生依然是不变的任库生,一个平凡的孩子。"任库生,这两天读书挺认真的。卷子难度不变的话,我觉得他下一次能考个七十五分。"

"张珀光到底是张珀光——还有,徐老师一天到夜说他腿上不长毛,你看到底怎么回事?"

老谭佯作散漫地恍惚着眼神，王老板终于跨出满地果盒闻声而来："你帮他买点桂圆，桂圆是生发的。"

"桂圆就不买了，我下次来的时候带两个桃子去——腿上的毛本来就有长短，又不会伤身体。"

张珀光总是有道理的。老谭没有提下一个问题，王老板抓起一只毛桃，想了想，放下，重新托了一只油桃给张珀光看，"不长毛的桃，卖相更好。"

对话戛然而止。任库生完美的部分远不止一双腿，任库生今年才十六岁。而张珀光是一个正派人。

六

任库生月考班级第二十一名，徐老师说："到底是张珀光，到底是张珀光啊。"张珀光说："任库生本来就很聪明。"走在他身后的任库生什么也没有说。

张珀光走到王老板跟前的时候，王老板歪过他的半张鞋拔子脸，似笑非笑地说："你可以继续到任库生家里教数学了。"说完还瞄了一眼张珀光的身后。

张珀光怔了一怔，说："老板是不是有点面瘫了？"

王老板努力煽煽眼睛，想收回斜望任库生的目光。水果店开张的第一天，王老板就发现了任库生如同邱晓利般的双腿。接下去，水果店营业的每一天里，他都依照徐老师的嘱咐，关照这个没有姆妈的孩子——但王老板终究只是一个隔壁邻居,他无法成为数学老师,无法与任库生成功攀谈一句。

王老板没能收回斜望任库生的眼睛,那是他一如既往的眼睛。

但王老板真的面瘫了。任库生期末考试位列班级第十三名,那几天,王老板刚完成了第一个疗程的面部针灸。徐老师说:"张珀光真有这个本事。"

王老板的脸已经歪得不那么厉害了,他把新打的桃汁灌进杯子,糖水在杯壁上粘滞,结晶。王老板把塑料杯塞进任库生手里,说:"那是库生自己努力了。"

王老板每天坐在水果店门前,用歪斜的脸眺望由远而近的任库生。面瘫也有些好处,他用不着佯作无意地用余光欣赏任库生,没人知道他到底在看哪儿。

任库生用手指捻了捻手心,搀起徐老师,"你不是一天到夜讲小光哥厉害吗?他当然有这个本事的喽。"

徐老师捏着半截毛领子,连着针,在自己的腰间滚成一卷,她的声音很轻,像是只说给任库生一个人听,"倒也对的,我一天到夜讲他厉害。"她皱成一团的脸颊上,微笑也是破碎的。

徐老师没有面瘫,但她的脸比面瘫了还要难看。皱纹、色斑,缺乏肌肉支撑的面颊变得呆滞。老谭说过,徐老师也曾是一个标致的女子——尽管老谭也没见过徐老师年轻时候的样子。

徐老师开始咳嗽。她经常咳嗽，咳嗽令人想到病痛，继而想到死亡，继而想到已经死去的任库生的姆妈，以及即将死去的徐老师自己，在这之后，则是任库生，他是个可怜的孩子。

徐老师没有开口，她背过身，连一句"再会"也没有说。

徐老师的身影彻底消失，王老板喊："今朝祥林嫂怎么讲话那么少？"

老谭的秃顶从门卫室钻进夕阳，他也没有面瘫，但眼角被阳光照耀出巨大的黑影。老谭说："大概她觉得任库生变好了，我们把任库生关照得不错。"

"是张珀光把任库生关照得不错吧。"

老谭的五官往脸盘中央一缩，一缩又一张，"我和张珀光是商量过的，任库生需要额外的关心与帮助，电视节目上都是这么说的。"

王老板的嗓子呼噜呼噜地响起来，爆发出齿轮传动般的笑声。老谭还从来没听见过这样的笑声，提起他的破棍子，冲出保安室掉了把手的铝合金门。水果店里一如既往地坐着一个只用右半边脸颊笑的王老板。

王老板往老谭手里塞了一个烂了半边的桃子，右脸贴上老谭的右耳朵："你知道——张珀光——任库生……"

老谭把自己的右耳贴上王老板的右嘴角，十秒后，火车驶过，煤烟飘进老谭的左耳朵里。

老谭转过头，他看见王老板歪斜的脸庞，一张无法令人信任的面孔。

七

张珀光小时候见过任库生的母亲，一个几乎接近时髦的女人，但仓库管理员的工作让她的目光紧张局促，并且瘦削的脸庞让她不那么像一个母亲。用徐老师的话说，这叫"僵脱了"。

她是一个令人惋惜的女人，好在她留下了自己的基因，在超市仓库里。可惜没过一年超市就倒闭了，成为药店、香烟店、水果店，但她的基因还存在着。

任库生足以成为一个优秀的人，一个美好的人。"这就要张珀光多多帮忙了。"徐老师总是这样说。

今天，张珀光在实验室里重复了好几遍把电极伸进液氮瓶的动作。零下一百七十摄氏度，超导体中两个同样带有负电荷的电子形成库珀对，电阻完全消失。

仲凯一村里的居民看着任库生出落成一个英俊的男孩，就像张珀光看见的一样。他们说："张珀光真是一个好小孩。"

张珀光当然是一个好小孩。张珀光眼里司空见惯的超导体，在仲凯一村还算是前沿知识；对于张珀光而言已经过时的库珀对理论，是徐老师、秃顶的保安、水果店老板未曾听闻的。

从学校大门步行十分钟到地铁站，地铁四十分钟，公交车五十五分钟，从公交车站步行二十分钟，看见铁路上的烟雾，然后看见仲凯一村。两个小时的路程，张珀光当然不是去见徐老师，更不是去见连名字都叫不上来的保安。

连名字都叫不上来的保安说："张珀光转来了。"

水果店老板说："张珀光转来了。"

坚持不使用助听器的徐老师听见了。

张珀光看见了水果店老板的挤眉弄眼，看见保安在开窗与开门间举棋不定。张珀光走到徐老师的身边，"徐老师坐在此地热不热？"

徐老师瞟了一眼老板，瞟了一眼保安，"阿生在屋里呢，张珀光还没吃夜饭吧？"

张珀光告诉过任库生：用库珀对来解释超导现象是不完备的。任库生很聪明，他知道什么叫做"不完备"，但他只是一个高中一年级的学生，因此他的回答是"嗯"。

徐老师告诉张珀光："老谭总想和他老婆离婚，因为没小孩，一把年纪了还离什么婚？"

徐老师还告诉张珀光："王老板以前摸人家的腿被当流氓抓起来的。你以后当心点，让阿生也当心点。"

张珀光说："嗯。"

仲凯一村的夏天，阳光照射在光秃的水泥地上，漂浮在空中的烟尘令人闷热，军营中的呼喊令人燥热。

徐老师说："阿生老早是个好小孩，到现在也算是个好小孩的。比张珀光差一点，但是他也是个好小孩。他小学的时候，考试有一半都是一百分；他初中两年级的时候，数学竞赛得了一等奖。"

张珀光记得，任库生得的是优胜奖。

徐老师说："阿生是个作孽的小孩，从小没有姆妈，也没有别的小孩跟他一起玩。王老板跟我讲，跟老人长大的小孩容易亲近年纪大一点的哥哥。你不要看王老板流氓兮兮，他懂的还是蛮多的。"

张珀光说："嗯。"

徐老师的家到了，墙上的藤蔓触碰到了张珀光的肩膀。张珀光接过徐老师的钥匙，破旧的电子锁响了一声"欢迎光临"。

任库生总是欢迎着张珀光，用他闪光的眼珠，飞扬的嘴角，精雕细琢的双腿。

任库生关闭了他的"炉石传说"对战，"我外婆又跟你讲什么了？"

"我没听，就和你上课的时候一样。"

任库生没有笑，张珀光也没有笑。张珀光坐在任库生散乱的床上，说："你打算趁现在学一点儿下个学期的内容吗?"

任库生摇头,他该剪头发了。"小光哥,你知道高温超导是怎么来的了吗?"

张珀光摇摇头,真理总是穷尽一生也无法找到的。

门对面传来徐老师既尖锐又沙哑的嗓音,"夜饭吃黑豆排骨汤。"张珀光随着菜名而低头,看到任库生的小腿上长出了新的绒毛,"你也用不着总是刮,顺其自然才好。"

"明天我外婆要去庙里——"

"看你刚才在玩《炉石传说》,这游戏我还蛮有兴趣的,你来教我吧。"

八

任库生没有教张珀光《炉石传说》的规则,也没有发现张珀光的段位其实远高于自己。

任库生从学校归来的路上,听见火车汽笛鸣响,黑色的烟雾开始蔓延。任库生使劲抽鼻子,于是吸入更多的污浊颗粒。

任库生沿着夕阳的方向前进,他能猜到王老板正注视着他的双腿,也能猜到老谭正注视着他的脸颊。

一个美妙的星期五,之后是连续两天的假日。小王老师在门卫室前停下自行车,她肥胖的面孔寡淡地微笑,"任库生最近在学校变得用功多了。"

然后任库生听见军营中的口号声,似乎更沉闷了,也许是他耳朵有些堵。

小王老师说:"最近怎么不看见张珀光转来呢?"

老谭说:"张珀光去北京读研究生了。"

王老板笑得鼻子"哧哧"喷气,"你干嘛不说他去美国读博士呢?"

老谭抄起棍子,猛地推开门卫室的小门,迈出他只用脚尖悬着皮鞋的右脚,一脚深一脚浅地堵到王老板面前,"你不晓得就不要乱讲。"

王老板的鼻子还是不停冒着气,嘴角还是向上翘,"你又哪里比我们晓得多了呢?"

沉寂。

老谭猛地抡起棍子,摆开董存瑞炸碉堡的架势。像是电影中的定格画面、慢动作,保安破制服的腋下被这夸张的姿势刺开了一道裂痕。徐老师说:"你们安生点。"小王老师说:"算了算了。"

军营中又传来一声口号,从一喊到四。

老谭终于还是没有把这一棍砸在王老板身上。那架势,像是用尽了他全身的力气,放下手臂的速度几乎是自由落体。

张珀光已经两个月没有回来了。

在任库生的父亲两个月没有回到仲凯一村的那一天,

任库生拥有了他的名字。任库生相信他的父亲不能阻止他的母亲在超市仓库工作,不能阻止他的母亲在超市仓库生下这个孩子,但他可以让任库生成为任亥,或者任浩然、任嘉豪、任书文,一个寄托着美好愿望的名字。

当然,任库生也不错,这代表着生命的一个不同寻常的起点。任库生搀起徐老师枯槁的身体,能够想到这样特立独行的名字的徐老师一定不仅仅是一具枯槁的身体。

任库生抓起徐老师手中的紫色毛线与半截袖子——她已经织了许多个半截袖子——然后开始迈步。

任库生没有理睬小王老师,更没有理睬老谭以及王老板。徐老师也没有说一声"再会",但她的脚步还不算飘忽。

任库生走得很快,是徐老师能够走出的最高时速。他的左手拽着左裤腿,右手挽着徐老师的胳膊,树荫从他们的头顶划过,任库生说:"你晓得小光哥的爷爷张站长是个什么人吗?"

徐老师没有回答,她昂着头,紧紧地迈着步子,走出三十步才从嘴里憋出一个锐利却微弱的发音。任库生没能听明白,但这总不是一句温柔的话。任库生不知道徐老师是对提出不得体的疑问的自己不温柔,还是对那位张站长不温柔,任库生只知道徐老师没有继续回答的打算。

也许她只是忘了,没人会记得一个从这片土地上消失了十六年的存在。

老谭坐回门卫室的椅子后,就开始剥脚皮,越剥越觉得王老板说得有道理,张珀光也许的确是去了美国而非北京。王老板的见识到底比老谭要广阔一些。

老谭厚重泛黄的手指甲挖进脚底板的死皮,用力,剥落,一层,一层。老谭想,张珀光可能是去了哈佛大学。老谭只知道美国有哈佛大学。

老谭不是个骗子,他告诉每一个路过的居民"张珀光去北京读研究生"是因为他相信,张珀光两个月没有出现,最可能的理由就是去北京读研究生。

王老板拽开门卫室摇摇欲坠的铝合金门,往老谭的手掌心塞了一个完整的苹果。王老板眯起眼,路灯的微光渗进他的眼窝,仿佛色狼的眼睛,但老谭并不确信他为何是色狼。

王老板曾经在繁华的仲凯南路拥有一家裤子店,就在722路与848路公交车站边。仲凯一村在铁路这边的仲凯北路上,这里没有公交车站,公交车不会为了这一个居民区、二十八幢六层楼,在铁路边等待十五分钟。

一个色狼有理由被从繁华闹市放逐到这世界的边缘,但他还是一位合格的老板。王老板说:"我晓得你听不得人家说张珀光坏话。"

老谭一边点头一边用剥脚皮的手点开手机视频,收藏页面,"叛逆期少年需要额外的关心与帮助"——老谭删除了这项栏目，任库生已经不再是一个叛逆期少年了。

"所以你乱吹牛皮也不好。就算你不吹牛皮，人家也晓得张珀光是有本事的。"

"我看就你最不晓得。"

老谭抓过王老板手里的苹果，用力地一口从果柄咬到花托。牙龈血残留在泛黄的果肉上，减缓了果肉生锈的速度。

"你再这样生气，再这样上火，鼻血都要喷到苹果上面了。"

老谭从来没流过鼻血，但这也不妨碍他生气。老谭在仲凯一村做了三十年保安，见证着一代代的孩子成长、离开、遗忘。十九号楼的中队长乐宇辰，今年三十一岁；二十一号楼的英语演讲金奖邱晓利，今年二十九岁；二十七号楼的跳绳冠军林佳辉，今年二十六岁。

还有六号楼的张珀光，今年二十二岁。

"你晓得不晓得，这个小区里出过那么多好孩子。我是看着他们长大的。"

王老板不晓得，即使晓得也与他毫无干系。王老板说："那和你又有什么关系？又不是你的小孩。"

九

老谭说："张珀光哪能和我们没关系呢？"

徐老师微微晃动起她僵硬的头颅："张珀光和我们到底也不算有关系。"

这是老谭意料之外的回应，徐老师似乎专注地进行着她的纺织工艺，没打算再多说一句了。老谭用脚推开门卫室的塑料门，把眼睛凑到徐老师手中的毛线袖子面前，一个湖蓝色的毛线袖子，很粗，厚薄不均，并且仍然是个袖子。老谭说："你还结什么结，谁能穿你的毛线袖子呢？"

徐老师的手停顿了半轮，"哪能没人穿呢？"

徐老师的毛线衣无非就是给任库生穿，要不然就是给张珀光穿。徐老师如果还是二十年前的样子，老谭就能看见她的脸红。现在她的脸上只有老人斑了。

比起二十年前，门卫室加装了监控器，加装了空调。那时候的徐老师才刚退休两个月，坐在门卫室前织出来的毛线衣还是轻薄有型的。

每当张站长牵着或是抱着张珀光出现的时候，徐老师就会抬起她瘦削的脸，说："今天夜饭打算吃什么？"徐老师会告诉张站长，超市里的黄瓜是新鲜的，青菜在仓库里放了一天，两年的陈米就快卖完了，之后就是一年的陈大米。这全是徐老师从她女儿那儿听来的，徐老师的女儿是个头脑清晰的仓库管理员。

徐老师还给张站长织过毛衣，张站长离开之后，她就给张珀光织毛衣。任库生是很少穿毛衣的，他总是穿得很少，游走在着凉的边缘。

徐老师抬起头，停下手，"你要不要立起来，我看看你的码子有多少大？"

老谭说："你真是吃饱了，结的毛线衣没人穿就找到我身上。"

徐老师用眼睛丈量着老谭的身型，一边说："你看，库生是个作孽的孩子，他从小就没有姆妈，他从小就——"

这也许是老谭第一百次听这一段话，也许是第两百三十八次。老谭甚至听得出徐老师的语速比平常慢上许多，老谭说："你多少日子没有当过这个祥林嫂了，你又在瞎想什么呢？这两天任库生蛮好。"

徐老师从胸口呼出一道泛着隔夜饭味的空气，还呼出"张珀光"的名字。"张珀光这么长日子不转来了，我们是不是白对他那么好了？"

王老板把最后一个纸板箱丢进垃圾桶，两步跨到门卫室边："你们怎么对他好的，我都没看出来。我还给他两个桃子吃吃，你们连——"

老谭把棍子一把杵到王老板嘴前，"你哪里晓得徐老师对张珀光多少好呢？徐老师把张珀光当作任库生的哥哥一样，就希望张珀光能像照顾弟弟一样照顾任库生。他倒好，说不回来就不回来了。"

徐老师的眼睛从老谭的胸口转到王老板的胡子："王老板见多识广，你晓不晓得张珀光到什么地方去了？"王老板摇头，把手指放在嘴唇上。老谭把棍子往自己身后一甩,跟着问:"你晓不晓得张珀光到什么地方去了?"

接着,他听见任库生的声音,"你们在讲小光哥的事情吗?"

沉默的时间大约是十秒。然后老谭告诉任库生,王老板水果店明天就要关门了。王老板水果店关门之后,这里会开一家陈老板便利店。便利店比水果店好,能买到的东西要多一些。比如毛巾,酱油,刮胡子刀片——

老谭低下头看一眼任库生的小腿。任库生的裤腿依然卷到膝盖,因此显露出黑豆汤生发的功效。

"——不过可能还缺笔和练习簿之类的。"老谭接着说。

任库生牵起徐老师的臂弯,"笔和练习簿可以在学校边上的文具店买。"

王老板捉住任库生的手掌,"让徐老师再坐一下,你也坐一下,我明朝就关门了,还有这么多水果,给你们装一点回去。"

任库生低头看徐老师的眼睛,徐老师的眼睛已经很浑浊,但依然有同意与反对之分。任库生放开徐老师的臂弯,徐老师坐回藤椅上,把任库生的手掌从王老板手中捉进自己的手心。

"阿生,你看,老谭叔叔也是从小看着你长大的,他从小就对你好得不得了——"

任库生对这段话太熟悉了,这句话的主语从来都是

"张珀光",并且从来都会在此处戛然而止。任库生说:"我晓得的。"

"所以你也不要难过,老谭叔叔总归一直会坐在门卫室这里。"

任库生说:"我有什么好难过的。"他听见王老板喊他的名字,还感受到雨点落在自己的肩上。任库生脱开徐老师的手,钻进水果店的雨棚。水果店已经将近空了,这时候,军营中的口号声响起,尽管有些薄弱,但军营里的人,总归还是比一般人有力气的。

徐老师重新抬起头,目光停留在老谭的肩上,她的声音很轻,糅合在呼吸之中。"你看,等我没办法照顾阿生以后——估计就只好——"

徐老师曾不止一次地说过:张珀光会继承她照顾任库生的职责,他们熟识已久,而且张珀光是一个真正的好孩子。

但张珀光已经不是一个真正的好孩子了,整个仲凯一村中也许都不再有一个真正的好孩子。老谭望向任库生的背影,他再一次记住了这一个背影。

十

仲凯一村并没有因为水果店和王老板的消失而发生多少变化。没有人知道王老板去了哪儿,就好像没有人知道每一个离开仲凯一村的人去了哪儿一样。

在那之后，花了几乎一整年才装修完毕的陈老板便利店开张，六号楼外搭起脚手架，原本灰暗的墙壁被涂上一层艳丽的粉红油漆，然后是七号楼、八号楼、九号楼，任库生一推开窗户，伸出手就能抓到粉色的油漆桶。

粉色不是一个好颜色，徐老师替任库生织的粉色毛线背心被塞在衣橱最深处的角落。曾经有人说过，上身穿粉色会显得腿部不够纤细。

那个人说的话总是有道理的。

整个仲凯一村的老人都知道，任库生是小区里最懂事、最聪明的孩子。徐老师越来越老了，从每天出门两回到每两天出门一回，但徐老师能说的话，老谭也一样能说：

任库生之所以叫任库生，就是因为他是从仓库中出生的。他从小没有姆妈，也没有爸爸。他的外婆徐老师含辛茹苦把他带大，他也没有辜负徐老师的一片苦心。任库生六岁会读文章，十二岁得了全区数学竞赛优胜奖，如今，期中考试的成绩是全班第四名。

这多亏了仲凯一村的邻居们对任库生的关照，当然，今后也免不了大家继续关心任库生的成长。任库生毕竟是在仲凯一村门前的超市仓库里出生的，也就是说，他是作为整个小区的孩子出生的。

听闻过这段说辞的居民或许有二十个、五十个——老谭希望是一百个。

如果恰好是任库生放学回家的时间，老谭还会多描述一句任库生的外貌：像王老板这样的流氓，就是喜欢看任库生的腿。老谭也会看任库生的腿，毛发不算很长，但也不至于异常。

这时候，老谭会有一瞬间相信王老板曾说过的鬼话。

王老板说过：任库生穿什么样的裤子，都和张珀光有关系。王老板质疑过：张珀光每个礼拜回到这个凄凉的小区，不可能只是为了给任库生补课。王老板还曾告诉老谭：任库生的成绩下滑得那么厉害，后来忽然就成了好孩子，那全是为了跟上张珀光的脚步。

这一切都随着张珀光的消失不攻自破，又也许是不言自明。但如今任库生已经是小区里最懂事、最聪明的孩子了。与每一个曾经的好孩子不同，任库生的名字中就烙着仲凯一村的印记。

库生。库生——似乎也算不上是个印记。

任库生穿过门卫室，穿过门卫室前闲散的人群。任库生没有张珀光的笑容，以及张珀光挂在嘴边的宽慰的问候。他沿着崎岖的水泥地快步前进，这会被老谭称为是"心系外祖母"，或是"专注学习"，仲凯一村已经没有下一个好孩子候补了。

任库生经过九号楼的大门，经过了自家的八号楼大门，晃眼的粉色让他有些认不出熟悉的街道。任库生走进六号楼，三零二室，用钥匙打开。张珀光的房间与任库生的房间在同一个方位，任库生也许是思考过，也许不由自主，推开房门，白色的墙壁上留着烟熏的痕迹。

书架上的黑色斑点也许只是合成木板上的装饰，书架最显眼的位置横躺着一本明黄色的《超导理论与发展》。任库生知道，电子形成库珀对，就能使电阻成为零。

无阻力，不需要任何力量就可以到达无限的远方。阳光到达任库生皮肤上时已经从五千五百摄氏度衰弱到三十摄氏度；窗外的火车噪音到达任库生耳郭时已经从一百零二分贝衰弱到三十五分贝；徐老师的忧愁传达到任库生脑海中时，已经从脑用量的百分之七十降低到百分之一。"零"或"无限"都是充满魅力的。譬如，"爱情的力量是无限的"。尽管这只是一句无意义的空话。

任库生打开抽屉，红色、黑色与墨绿色的三个笔记本，封面上写着"数学""物理"与"超导理论"。任库生把三个笔记本装进背包，背包早就已经很沉重，也不在乎更重一些。

在把它们交给张珀光之前，任库生一定会仔细地看一遍，张珀光没有嘱咐一句"不能偷看"。小光哥总是非常缜密的。

前些日子，王老板水果店关门的那天晚上，任库生顶着稀疏的雨滴跨进王老板的水果店。任库生裸露的手臂与小腿上沾着雨水，他的小腿已经变胖了，但还算不上胖。王老板坐在黯淡的日光灯下削着菠萝皮，微微抬起眼睛，咧开半张嘴角，"你这个样子，张珀光可能是不回来了。"

任库生提起塞进三个笔记本的背包，他至今也没能理解王老板的意思。两个礼拜之前，他一边吃着和红烧肉一起煮的鸡蛋，一边听张珀光说"徐老师讲王老板是流氓"。流氓总是十分肤浅的。

任库生锁上六号楼三零二的房门。他再过一年就要上大学，然后再过三个月，他就满十八岁了。

十一

半年以后，徐老师去世了。身为任库生的邻居与长辈，老谭决定肩负起照料任库生的职责。又是半年以后，任库生考上了某所大学，老谭告诉经过门卫室的每一个人，任库生去上海交通大学读书了。也许任库生是去了同济大学，老谭不知道。老谭只知道，任库生上了大学以后，就再没出现在仲凯一村的门卫室前。任库生没有珍惜徐老师的嘱托，没有珍惜自己的名字，没有珍惜整个仲凯一村，这不能怪到老谭头上。

每天傍晚，军营中口号声响起的时候，老谭就会打开窗户，招呼便利超市的陈老板。陈老板会把即将过期的面包塞进老谭手里，老谭偶尔会吃下半个，更多时候是拿回家给他的老婆当第二天的早餐。第二天早晨，面包就算是过期了的。

五点十分，陈老板的儿子大约该到了。老谭说："陈兴波是仲凯一村最懂事、最聪明的孩子。"当然，如今的仲凯一村里，他也就认得这一个孩子。

仲凯一村的居民似乎完全没有变少，每个火烧云时分，在铁路边被迫欣赏天光的人群也未尝缩小，只是能够驻足听老谭夸赞或是抱怨一句的人数成为了有魅力的"零"，而老谭也没法知道他们的名字。

老谭说：任库生是个不知道感恩的坏孩子。他在仲凯一村门口的超市仓库里出生，在仲凯一村住户们的关注下长大，却连一个道别都没有留给仲凯一村。徐老师的良苦用心白费了，老谭自己的真诚也被践踏了。

陈老板说："祥林嫂又来了，你这个祥林嫂。"

火车远去，陈老板踏着小碎步走进柜台。老谭望着来临的人潮，领头的肥胖女人把手机举在耳边，用圆润的嗓音说任库生的名字。

老谭推开门，穿上鞋，迈到女人的面前，他想起女人的称谓。"小王老师，你晓得最近任库生怎么样吗？"

小王老师对手机说了一句不好意思，然后扬起头说："他们很好的。"

五个字，小王老师消失在老谭的视线中。

他们？老谭没能理解他们是指谁们，他也没打算理解。他只觉得，也许再过不久，小王老师也该从仲凯一村消失了。

乌鸦妖怪与随机数侦探

关于乌鸦的故事

苍蝇已经在手边盘旋了一分钟整,乐明天甩起键盘上的右手,由掌变拳,由拳变掌,回到键盘。行云流水的动作,无论苍蝇是被揉成碎片还是苟延残喘。

或者它其实不是一只苍蝇,而是一只甲壳虫、飞蛾、大号的蚊子——但对于乐明天而言这都统称为苍蝇,就像是"卑微的凡人",也包括了地精、狼人、美人鱼。

乐明天抬起头,电脑屏幕的后方是空白的墙壁,纯白色的墙壁里是灰色的水泥,灰色的水泥包裹着钢铁。乐明天相信它们不会生锈、不会腐蚀、不会断裂,尽管乐明天不了解它们。

但乐明天比这世界上的七十亿人都要更了解钢铁,因此他相信自己所在的居民楼不会因为骨架的断裂而轰然倒塌。他还相信他手边的塑料杯子不会让自己中毒身亡,相信窗外的闪电不会击中笔记本电脑的变压器,相信刚吞下肚的黄油饼干与糖尿病毫无干系。

乐明天伸出左手,把塑料壳捏得咔咔作响,饼干屑飞散在桌面上,然后他的眼睛向着左手的方向瞟:饼干盒已经空了。

乐明天开始吃手指甲,他的右手跳跃着敲打键盘——"不锈钢的"——左手的食指尖卡在门牙中央,乐明天单手打字的速度是双手的三分之一——"内部发生了"——乐明天猛地抽出手指,他尝到了手的臭味和咸味。

乐明天的口水开始涌出。他突然不记得不锈钢的内部发生了什么,但他知道自己腹腔的内部开始呼喊渴求。

乐明天起身,他发现苍蝇还在自己的头顶盘旋着。卑微的虫豸连得到赐死的资格也没有,乐明天径直走向米橱,打开橱门,他闻见大米与面粉的臭味,乐明天把它叫做生命循环臭。

米缸,散乱在米缸顶上的大蒜,挂面,乐明天看见苍蝇径直冲向面粉堆。乐明天的手没能阻拦住虫豸的突袭,但虫豸也没能在面粉上驻足超过一秒。面粉与苍蝇一起骤然喷射飞散,回荡在整个米橱之间。

煮饭需要三十分钟;煮面需要十分钟,需要洗锅,需要调猪油、酱油、切葱花;冲泡一碗方便面皮只需要把水烧开的时间,乐明天拿起方便面皮的塑料包装,然后开始觉得反胃。

乐明天把方便面皮丢在米缸顶,摔上米橱的木门。乐明天相信木门的关节不会因此而断裂，如果断裂，那就是因为乐明天的确希望它断裂。

这是最后一包方便面皮了。乐明天喜欢它的面筋感，喜欢它在嗅觉上比味觉上更刺激的辣味。乐明天刚消耗了五包中的两包就又购置十包。乐明天是不会浪费食物的。

不，乐明天会浪费食物。乐明天只是还没有想好浪费这一包面皮的方法。

乐明天关上橱门的时候，顺手把苍蝇拍死在木板上。拍死苍蝇比拍死蚊子困难很多，它也许是受了面粉尘埃的干扰而失去了灵活度。虫豸到底只是虫豸。

乐明天走进厨房——厨房里很热，只是因为它被木板门隔绝于空调的工作范围之外。布满厨房的虫豸们停留于此处并非因为炎热，它们只是没有破门而入的本事。

乐明天把面皮丢在电饭煲顶上，抬起电热水壶，顺便碾死壶柄上的一只飞虫。

乐明天打开水龙头，矫揉造作的缓慢水流开始填塞本就不够宽宏大量的热水壶。

热水壶内部几乎已经被完全磨灭的印记标志着最高水位警戒线。水流很慢，但很快就超过了警戒线的高度。乐明天不在乎，这至多也就意味着烧水的过程中水汽会喷射而出，击杀壶嘴正前方的一只虫豸。

就像是被冰雹击中天灵盖的人类，或者是被陨石摧毁的城市。突如其来，却死得其所。

乐明天关上水龙头，把电热水壶安插在加热器上。然后他提起电线与插头，他听见一声嘶哑的鸣叫。

这时候乐明天才注意到，窗外的蝉正声嘶力竭地鸣叫着，没有旋律，只有和声。乐明天房里的空调机发出的谐音是蝉声的二分之一，那还不足以让乐明天习惯夜以继日的喧嚣。

乐明天是一个人类，智商在全人类之中至少位于前百分之三。这意味着乐明天可以将蝉——至少是他身边半径两百米之内的——全都赶尽杀绝。

乐明天比全世界至少六十五亿人都更懂生态平衡，他相信，缺失了蝉的世界只是缺失了一种有些浪漫情调的噪音。乐明天还知道，会怀念这种虫豸的就只有散文作者，他们会用蝉象征这个即将逝去的时代。

这并不坏，但乐明天觉得放任夏蝉继续骚闹也同样不算坏。这就是所谓的"越强大，越宽容"——乐明天用嘴说出这六个字，然后关上窗户。

蝉鸣声减弱到了三分之一，但嘶哑的鸣叫没有减弱。乐明天冲出厨房，检查了手机、电脑，一切音响设备，尽管他完全相信，音响设备绝不会未经人类操作就发出鸣叫声。

乐明天回到厨房，从油烟机看到煤气灶，再看到垃圾桶。电热水壶响了两声，意味着达到了一百摄氏度。乐明天的手指伸向停止加热键的方向,然后他看见,自己的手边存在着一只动物。

一只动物,同时也是一只鸟。一只黑色的鸟,乐明天想,这应该叫做乌鸦。乐明天从来没有见过乌鸦。

乌鸦只是存在于童话故事中的角色。乌鸦喝水、乌鸦吃肉,女巫派出她的乌鸦仆从,宣告她对全世界下达的诅咒。

但乐明天相信,他的双眼看见厨房里存在着一只乌鸦,那就是存在着一只乌鸦。

但其他人类则没有用双眼看见。尽管乐明天算是一个诚实的人,语言仍然只有表达价值,而没有实验价值。乐明天答应与林正义一起逛超市是为了听听这位刑侦警察的儿子的意见,但林正义只问了一句"乌鸦在哪儿",他本应更有怀疑精神的。乐明天觉得自己浪费了一个下午的时间,他说:"在电热水壶旁边——电热水壶和电饭煲的中间。"

林正义若有所思地点头,点头两次,点头三次,点头四次——

"我们这儿是不太会有乌鸦的,就算有乌鸦,也不会往你家里跑。"

当然。

"所以你要当心点儿,要知道,轻微的异常状态往往就是案件的起点。"

"不要卖弄从你爸那儿听来的三脚猫知识。"

况且，乐明天毕竟是一个人类，区区羽类还不配成为乐明天的对手。

"这种时候，我爸还会告诉你，这个世界上还是存在许多你不能理解的事情的。"

林正义的眼神从乐明天身上移开，回到货柜顶端的黄色除臭剂以及绿色除臭剂上。

"你觉得柠檬味好还是薄荷味好？"

"当然是柠檬味，柠檬薄荷味更好——你买除臭剂干什么？"

林正义回过头瞪乐明天一眼。乐明天知道，那是因为乐明天拒绝与林正义合租一间公寓。

"新租的房子只有厕所通风最差，没办法。"

"那你就来我家上厕所，反正你有我家钥匙。"

林正义还没有缓下正直往外瞪的双眼，"瞪"的行为就切换了它所表达的感情。

乐明天想起乌鸦看着自己的眼神也总是冷漠的。在乐明天把灌了热水的碗放到它面前的时候，它对面前的人类熟视无睹。它低下干枯的喙，饮下大约半碗，然后抬起头，它的眼睛还是一样的小，像是在翻白眼，乐明天把这解释为坚贞不屈。

林正义踮起脚抓下一盒柠檬味除臭剂以及一盒薄荷味

除臭剂，还要了一套百洁布，显然是没有把乐明天的邀约当真。

当然，乐明天只有一间卧室，并且他还有了一位新客人。乐明天想，乌鸦是需要吃肉的，但他不希望自己的厨房变得肉腥四散。

"我去拿一盒牛奶回来。"

林正义猛地抓住乐明天的手臂，除臭剂滑落在超市的暗黄色地砖上。"我——我刚想起来，你知道前两天有个离奇身亡的大学生吧——我爸在他家里发现了两只死乌鸦。"

不错的联想，但乐明天还是得去拿一盒牛奶回来。

一升装的牛奶价值八元八角，乐明天把其中的二百毫升倒进钢盅锅子里，也就是一元七角六分。

乐明天是不会轻易打开厨房门的，厨房中的羽虫与昆虫一旦侵入客厅，侵入乐明天的卧室，即使是乐明天也一时难以赶尽杀绝。

乐明天打开一条门缝，侧身钻过，先是头颅，再是躯干，然后是腿脚，以及端着小铁锅的右手。

如果对方是人类，乐明天会说："胆敢穿过这道大门者，就是死路一条。"他并不会因为虫豸无法理解人类语言而宽恕它们。乐明天最大的宽恕就是关上厨房门。

乐明天把铁锅放在灶台边上。然后他开始环顾整间厨房。

纯白色的热水器上伏着嫩绿色的长虫，空无一物的垃圾桶边翻滚着两只漆黑的甲壳臭虫，枯叶飞蛾向日光灯的方向冲刺，在窗户紧闭的房间里回响起翅膀的谐动声。

乐明天转向电饭煲与热水壶之间，端坐着一只静谧的乌鸦。

乐明天认为它已经死了。一整日未曾进水的羽类是有可能站着死去的。乐明天可能只比全世界五十亿人更了解鸟类的生活习性，但他还是相信，乌鸦有很大的概率死了。

乐明天不会去摸乌鸦的脑袋，如果它两个小时之后还不挪一下位置，那就意味着死了。

乐明天的奶奶总是靠这个招数判断鱼是否新鲜。鱼铺通常是她在菜场的第一站以及最后一站，如果鱼没有挪位置，那就说明它已经死了。这方法有些复杂，也不够准确。但乌鸦就在电饭煲与热水壶的中央，乐明天相信，电饭煲与热水壶的相对位置是不会改变的。

乐明天的肚子开始鸣叫，他还听见窗外有一个女人正在鸣叫。或者是一个声音像女人的男人，但绝不是一个声音像女人的乌鸦。乐明天打开厨房的窗户，膝盖跨上水池，脑袋向外，飞蛾扑簌簌地吻上他的脸颊，像是撕碎的破油纸。

他听见女人的鸣叫变成嘶吼，但嘶吼声还敌不过蝉鸣的三分之一。乐明天早已经打好了腹稿,"不锈钢的内部发生了电池反应,铁离子溶解于卤素溶液之中"。但他手中的一杆不锈钢磨刀锉取代了他的所有记忆,它不会发生反应,不会溶解。

路灯突然开始闪烁,放射着电流跳跃的渐弱与骤强。乐明天比全世界的六十五亿人都更懂电路,他相信这只是路灯电流不稳定。因为电流不稳定,乐明天看见了女人的容貌。

染了褐色头发的女人,网格毛线围巾,过大的头颅与紧缩成一团的身体并不相称。乐明天听见女人的哭声,她叫嚣:"去你妈的乌鸦,去你妈的乌鸦。"

乐明天猛然回头,他看见电饭煲与热水壶之间站着两只乌鸦。

以及一个空的钢盅锅子,带着牛奶的粘稠痕迹。

花坛边打扑克的老头说:"昨天夜里有个人死了。"

当然,每天夜里都会有人死去,全世界每两秒就会有一个人死去,并且这是二十年前的数据了。

因此乐明天不关心这些,他要买面包、八块八角买三送一的清仓牛奶、电蚊香片,还有,他看见云层正在漂游。

老头的背后,躺在长凳上打炉石传说的中年男人说:"七号楼里的小赵,吵了半个月了。"

如果范围缩小到乐明天的小区，那就是每两百万秒会有一个人死去，不到一个月。但乐明天还是相信他会在新闻中看到这起案件——当然，能够被小区中的无业游民议论的死亡大都可以认为是案件。

对新闻的期待并不能算是可靠的，乐明天只比全世界三十五亿人更了解新闻。但乐明天相信如今的世界不会放过任何蛛丝马迹，不同寻常的死亡会被放大，会被看作常态，会成为新闻系学生论文内容。这与乐明天无关，乐明天只在乎自己的论文内容。

距离提交日还有一周，一周足够了。

乐明天走进便利店，便利店里的破电风扇一脚高一脚低地旋转着，山羊胡子的店员举着有十六个版面的报纸。乐明天很久没有看见过读报纸的人了，至少乐明天自己从出生以来都没有读过报纸。

店员没有抬头，只顾翻报纸，他的眼睛很小，并且没有戴眼镜。乐明天把八块钱一袋的切片面包摆在柜台上，当然还有牛奶、电蚊香片、买一送一的苏打饼干。便利店里闯进一个红衣快递员。黝黑皮肤的快递员怀中的纸箱子猛地落在地面上，沉闷的响声、飞扬的灰尘、被吹落在地的第一版报纸。快递员把报纸捡回柜台上，快速回旋一百八十度，掀开便利店门口的塑料帘子。

乐明天掏出一张一百元，店员却猛拍他的玻璃柜台，"小鬼，你老婆出事还不肯跟警察讲，现在小区里又死一个人,你就——"

快递员一把把帘子甩到乐明天的肩上,把玻璃柜台拍得整个震了两下。"你就晓得讲,讲又能讲出点什么呢?她大半夜地跑到外头,然后人就没了!"

乐明天把一百元塞进店员的手里,店员开始咳嗽,一边咳嗽一边喘气,一边敲打收银机的键盘。"那你看见乌鸦吗?人家都讲,最近出那么多事情,事前都看见乌鸦。"

"你不要讲屁话了。满地都是乌鸦,看到了又怎么样呢?我每天都看到,到哪儿都看到。"

乐明天收了找零,又掏出两角硬币买一个塑料袋。这家便利店的塑料袋做垃圾袋大小正合适,然后他把牛奶、面包、电蚊香、饼干挨个儿塞进塑料袋里。店员开始摸他的胡子,快递员已经骑上了他的电瓶车。

把人类的死亡怪罪于乌鸦是人类对自己的侮辱。一个努力的人类可以击败整个乌鸦种族,尽管乐明天还没打算在这方面努力。快递员是有气节的,山羊胡子的店员没有,但乐明天还得来这儿买打折牛奶。他比全世界七十亿人都更了解人类的尊严,因此他不会为了人类尊严的话题而冒犯一个有尊严的老人。

乐明天回到家,天气很热,牛奶是需要冷藏的。乐明天家的冰箱立在客厅的中央,它很大,装着的食材也不能算少,三盒牛奶恰好可以卡在冰箱门上,高度与宽度都正合适。

乐明天打开冰箱门,第一格是鸡蛋和面包,第二格是酱菜,第三格是空的,空旷的透明塑料隔板上立着一只乌鸦,第四格是六罐苏打汽水。乐明天把三盒牛奶塞进冰箱门,拿出还没用完的半盒,摆在饭桌上。乐明天有点儿饿了,但也不算很饿,可以吃一份煎蛋吐司。

鸡蛋在第一格,吐司也在第一格,吐司本应该在第三格,但现在的第三格是只乌鸦——

冰箱里有一只乌鸦。

乐明天不知道它是怎么打开厨房门,打开冰箱门,又在四摄氏度的冷气中安然伫立的。乌鸦似乎没在活动,只是呆滞僵硬地立着,沉默的眼珠像是与眼眶板结成一体。乐明天冲向厨房,取来钢盅锅子,把半盒牛奶全都倒进锅里,然后把锅子放在冰箱的第三格。

乐明天关上冰箱。乌鸦当然是不可能主动进出冰箱的,这也就只能是一桩恶作剧。恶作剧总是需要由人来完成的——飞虫猛冲向乐明天的眼睛,乐明天的右手把它捏成黑色的碎屑。不自量力的虫豸总是自寻死路,但也许只是它们不惧死亡,乐明天一点儿也不想了解虫豸。

乐明天打开冰箱,乌鸦的脑袋正埋在钢盅锅子里,牛奶已经少了一半,也就是两元两角。两元两角很少,即使是区区羽虫也有资格享用。鸡饲料或许比这便宜些,但偶尔奢侈一些也是允许的。乐明天眼睁睁地看着乌鸦吃完一整锅的牛奶，乐明天自己都没法一口气喝下一锅牛奶，也许因为他还不够饿。

人体的构造是足以承受一口气喝下一锅牛奶的。当然，鼻炎例外，乳糖不耐受例外，胃病例外。乐明天闭上冰箱门，一声轻柔的闷响。在他还没有被这些病症侵蚀的如今，他得赶紧完成他的毕业论文。

乐明天按下电脑的电源键，今天他得写完整个实验的操作过程，还得画两幅线路图。也可以只画一幅，但多总是好的。

第二幅图需要包含线路图的细节，以及在不同电压下的不同设置。乐明天提着吐司走进厨房，他看见暗淡的微蓝在黑夜中轻蔑地闪烁，乌鸦的眼睛。

也许它还没吃饱。光喝牛奶不够，总得有些固态食物来填肚子。

打开灯光，乐明天发现它的羽毛有些灰暗，这意味着灰尘沉积在它的身上，它也许一整天都没有动弹过了。

冲一下就干净了。乐明天把手伸向乌鸦，但也只停留于伸向。乌鸦只是区区羽类。

乐明天总觉得这个晚上有些热，他得喝一杯冰水。乐明天冲回客厅，电冰箱前，打开门，一只乌鸦立在空旷的第三格。

乐明天又觉得很潮湿，胳肢窝有些粘滞。他带着冰水重回厨房，一只乌鸦立在电饭煲的右侧。

乐明天还觉得很累。乐明天比全世界——六十亿、六十五亿，或者七十亿人都更懂睡眠对身体的作用。一言以蔽之，就是累的时候应该睡。

乐明天伸出右手，食指与中指碾碎一只飞蛾，飞蛾体内的尘埃黏在乐明天指关节的老茧上，铅笔灰的颜色。

关于侦探的故事

和乐明天一样，林正义不相信任何的恐怖传说。

这并非因为林正义不相信怪力乱神的存在，恰恰相反，即使是最荒诞不经的故事也是世界的一种可能性。死者复生，精灵占据生者的身体，恶魔在脑中低语，女巫化作乌鸦下达诅咒——这些被传为笑谈的恐怖传说，总要说到人类灭绝的程度才罢休。然而人类延续至今，说明怪力乱神也不过是雕虫小技，谈不上恐怖，更与人类的伟力相去甚远。

但谢宇航与林正义抱持着截然不同的想法。"良哥说他真的看见乌鸦了。"谢宇航抬起手敲在回车键上，"一大群乌鸦，漫天遍野的。第二天他们小区就有人跳楼死了。"

"良哥？良哥还看见他的太奶奶在窗户外面对他招手呢，"林正义起身伸了一个懒腰，"不光招手，还趴在他肩上说话。"

"但是看见乌鸦的也不只有他一个，我觉得你还是当心点儿好。"

林正义用拳头砸在谢宇航的回车键上，把谢宇航的活动策划文档向下翻了一页的空白。

"当心就是一种退缩而已，我们得搞清楚真相。"

"你这么在乎真相，干嘛不和你爸一起去做侦探？"

"现在这世道，哪里还有什么侦探。"

林正义把谢宇航从椅子上拽起来，十一点二十分，午饭时间到了。每一个周三的午餐都会有青椒猪肚。谢宇航不吃动物内脏，所以周三是林正义和谢宇航一起吃饭的日子。

"你有没有想过，乌鸦能用什么方法进到冰箱里面？"

谢宇航问了一个让人摸不着头脑的问题，林正义想，答案大约就是"打开冰箱，然后塞进去"。

但能有谁会无聊到把乌鸦塞进冰箱里去呢？

之后，林正义听说乐明天的冰箱里也有一只乌鸦。"犯人就这样渐渐露出了马脚。"林正义是这样想的。

林正义的目标犯人有三个。

第一，仲凯馨苑小区门外便利店老板，王忠华。王忠华十来年前就死了老婆，没有孩子，便利店里没有一样活是他干的，他的工作就是在仲凯馨苑里打扑克。

第二，活跃于仲凯南路区域的快递员，胡一健。胡一健以他的肿眼皮和翘嘴唇著称，他声称他的世界里全是乌鸦，并且把乌鸦的故事带到他去过的每一个送货点。

第三，仲凯馨苑十六号楼五零二户主，谢兴盛。谢兴盛是谢宇航的父亲，开无证出租车，近日来平均每天工作时间从十个小时降低到三个小时，并且剩下的七个小时里也没有在家。

谢宇航的提问加深了谢兴盛的嫌疑。在没有征兆的状况下，谁都不会想到"乌鸦能用什么方法进到冰箱里面"这样诡谲的问题。

"明天你帮我观察一下这三个人的行动，不过不要打草惊蛇。欲速则不达，你明白吗？"

正确的回答是"明白了"，但林正义知道乐明天不会给他一个正确的回答。乐明天说："我的论文下个礼拜就要交了。"

林正义完成了他的案情陈述并且挂了电话，他打开冰箱，空荡荡的冰箱，正中央躺着剩下的半盒榛子巧克力，一盒是十八颗，半盒也就是九颗。林正义把其中一颗塞进嘴里。

周六，林正义的目标是王忠华。

林正义早晨十点到达仲凯馨苑，王忠华一个人坐在长凳上玩接龙。王忠华可能是精致地保养着自己，或者染了头发，让六十岁的他显得像五十五岁。林正义提着糖大饼坐到王忠华的对面，说："阿叔，你打争上游吗？"

林正义的父亲曾说过:没有第一步的主动出击,就谈不上每一步的谨慎。

王忠华抬起他沉重的头颅,双下巴轻微地抖动了一下,然后说:"小伙子这么晚才起来?你不要上班吗?"

王忠华不记得今天是礼拜六,这说明他是一个游手好闲的人。林正义没有回答他的问题,而是说:"今天天气真的蛮好的,也不热。"

王忠华把他已经卡死的接龙牌撸成一摞,然后开始洗牌。洗了三次,然后把五十二张的扑克塞进林正义的手里。林正义把牌发成三份,发成三份是为了避免双方过于容易地判断对手的手牌。

王忠华说:"这两天外面菜场猪肉又涨价了。"

林正义说:"贵一点倒不要紧,讲老实话,现在菜场里的猪肉就没有好吃的。"

王忠华把他面前的扑克牌一张一张地插进自己的虎口里,嘴唇舔舐着上颌,使他的下巴显得有点儿鼓。

"我这里都是自己家养的,和饲养场里出来的不一样。"

王忠华甩出一个黑桃三,然后林正义出了一张红桃五。他的红桃五可以组成一个顺子,但他没料到案件进展地如此迅速。出牌的错误会成为他的破绽,林正义的父亲说过,让人识破的从来都不是第一个破绽,而是第一个破绽引发的一连串失误。

"你每天坐在这里打牌都能卖得出去,那肯定是肉好了。"

"都是口口相传的。"

王忠华接着出了一个方块 Q,然后林正义出了一个黑桃 A。林正义只有一个 A,还有一个二,从牌面上看,他就是得输的。他开始思考乌鸦与猪肉的联系,乌鸦是会吃猪肉的,尤其是腐烂的猪肉。

林正义输了一局,输了第二局,这叫做失之东隅,收之桑榆。林正义打出第三次红桃五,他已经连续三局摸到红桃五。林正义说:"我听说这个小区里有很多乌鸦?"

王忠华摇头,他说:"我不出。"

林正义又打出一个红桃七——出牌的错误会成为王忠华的破绽,他的双眼开始涣散,并且打了一个哈欠。

王忠华说:"我要回去吃中饭了。"

这就是欲盖弥彰——王忠华只是在掩饰自己即将到来的失误,即使林正义父亲的名言集中还没有这一句。

周日,林正义的目标是胡一健。

林正义早上十点到达仲凯馨苑。昨天,乐明天拒绝了林正义一起吃午饭的邀请。林正义给乐明天打了一个电话,乐明天没有接。但乐明天在便利店的门口撞见林正义,并且说:"你还挺勤快的。"

林正义说:"你知道快递员一般都什么时候到这

里吗?"

乐明天不像是会关注这些细枝末节的人,但他说:"差不多就是这时候了。"

林正义听见电瓶车的刹车声,胡一健捧着纸板箱冲进便利店,便利店里响起一连串的玻璃碰撞声,便利店的收银员老头喊:"小鬼头毛手毛脚,寻死啊?"

林正义说:"他平时就这个样子吗?"

乐明天撩开便利店的门帘,说:"今天便利店里怎么有点儿臭呢?"

林正义跟着乐明天钻进便利店门,胡一健蹲在地上排列金银花露瓶。林正义蹲下身,把横躺在地的玻璃瓶竖直,然后在胡一健的短耳朵边说:"金银花露这么难喝的东西,干嘛放在门口啊。"

林正义的意思是和胡一健套近乎,但胡一健没有回答他。林正义说:"今天有乐明天的快递吗?是一套书,应该还挺厚的。"

胡一健说"没有",然后起身。六行五列的金银花露被排列整齐了,林正义也跟着起身,看见乐明天把两盒牛奶放在收银台上。林正义才看了乐明天一眼,胡一健就立在门外,已经准备翻身上车了。林正义张开嘴准备喊住胡一健,但他一时反应不出如何称呼。

直呼其名当然是好的,但林正义毕竟不是一个正规警察,严厉的喝止也不利于嫌疑人的配合。但嫌疑人这就离开了，收银员老头说："这个家伙发神经老长时间了，你们不要理他。"

"他怎么个神经法？"

林正义的父亲曾说过，要抓住案件的每一个切入点，没有人能事先知道哪个切入点能切得最深。

"这家伙，老婆两个月之前就找不到了。他自己说是死了，我也弄不清楚。"

乐明天从收银员老头干枯的手掌里接过七元八角的找钱，"他就是前几天那个大喊'全世界都是乌鸦'的快递员吧？"

这时候，林正义的鼻子终于也感受到便利店里的臭味。老头儿举起报纸，遮住自己的整张脸。

"你们便利店里卖肉吗？"

老头在报纸背后说："不卖。"

"那附近哪里有能买到猪肉的地方吗？"

林正义感到乐明天扯了一下他的衣角，林正义把乐明天往门口推了一把。乐明天懂得许多知识，甚至人情世故。但林正义一定比他更懂如何做一个侦探。

老头抖动了一下报纸，清嗓，然后说："我不太清楚。"

一个破绽：日复一日地在这家便利店工作的老人怎么能不清楚周围的菜市场呢？

逃跑的胡一健，装傻的老头，还有拉着林正义往门外走的乐明天。这就是欲盖弥彰——林正义想,自己的父亲也许提过分辨欲盖弥彰的方式,这也许不是一种普适性的方法,但这正适合林正义眼前的案件。

　　林正义坐在乐明天家的饭桌前之后,乐明天告诉林正义:从林正义的行动方式看,他只比这世界上六十亿人更懂如何做一个侦探。但林正义知道,乐明天也许只比这世界上五十亿——甚至仅仅三十亿人更懂如何做侦探,所以他的评判是不准确的。

　　乐明天把牛奶摆在桌上,然后从冰箱里拿出吐司、鸡蛋、培根。乐明天的动作很快,林正义没看清冰箱中是否真的有一只乌鸦。乐明天说:"你要我给你炒一个卷心菜吗?"

　　林正义坐在饭桌前,饭桌上摆着乐明天写论文用的电脑,文档总共二十一页,林正义读了一页的二十一分之一,然后说:"你这不是快写完了吗?"

　　乐明天打开煤气灶,他说"还差一点儿",然后把鸡蛋打进锅里。林正义听见水龙头打开的声音,还听见撕开牛奶盒的声音。

　　"我明天要上班了。你认得十六号楼五零二的谢兴盛吗?"

　　林正义说了一遍,然后提高声音又喊了一遍。乐明天没有回答,当然,乐明天没理由认识一个无业游民。

乐明天把煎蛋和培根端上桌,林正义说:"你冰箱里真有一个乌鸦?"

乐明天说"是",还说,"你要看看吗?"

林正义想起近日来的案件,无非就是关于乌鸦,或者死亡。林正义不觉得乌鸦是不吉的象征,但他一点儿也不想看。

林正义突然觉得有点儿冷。煎蛋是热的,但煎蛋很小,热量不足以温暖林正义的一根手指。

"我知道就行了,你又没骗过我。"

然后乐明天把加热过的吐司推到林正义面前,"乌鸦也没做什么坏事,在冰箱里住的好好的,你紧张什么?"

林正义伸出手,照着空白的墙壁一抓:"你这里虫子也够多的了。你不是最看不起虫豸吗?乌鸦应该也算虫豸吧。"这一抓的动作表示林正义看见虫子,于是乐明天立刻关上厨房门,那是虫豸进入房间的唯一途径。

"可以被人掌控的虫豸是不一样的。"乐明天端坐在林正义的对面,往杯子里倒牛奶。他在厨房里已经倒过牛奶了。

林正义不想反驳乐明天,他开始咬面包,煎蛋是流黄的,林正义不喜欢流黄蛋,但也不至于拒绝。

"你这样是当不了侦探的,如果连乌鸦也不敢看的话。"

乐明天说得很对,但林正义的确不敢看。在这一瞬间，他觉得乌鸦确实像是一种诅咒，一种心智受损的象征，一种预兆。

林正义开始环顾乐明天的整座屋子，天花板上粘着飞蛾经过的痕迹，墙壁是光洁的。林正义已经意识到乐明天的欲盖弥彰，但他不知道乐明天欲盖的目标，这等同于一无所知。

也许乐明天也是非法猪肉销售的一个环节——那只是一件小事。也许乐明天目击胡一健杀死他的妻子，但这也只是一件小事。林正义的父亲迟早有一天会彻查这一切的。

林正义几乎是把整块面包和煎蛋吞进肚子，然后他起身，说："我还有点儿事情得弄弄清楚。"

乐明天没有挽留他，这也是欲盖弥彰的一部分。打开房门的林正义被飞蛾撞上了额头，乐明天的屋子在四层，四层楼上是不应该有许多飞蛾的，林正义惊觉，这也许是地震的预兆。

一场来自人类以外的灾祸。一场侦探毫无用武之地的灾祸，但这可是一件大事。

关于妖怪的故事

谢宇航住在仲凯馨苑的五层，而不是四层，这意味着他每天都要多爬一层楼梯，只因为他的父亲谢兴盛觉得

"四"是个不吉利的数字。

谢宇航知道谢兴盛是错的。当然，如果世界上的确存在着超乎人类认知的因果，它就不会拘泥于人类语言的谐音。在谢兴盛看来，五就不是一个吉利的数字。

同样的，乌鸦也不会因为它的颜色而成为凶兆，乌鸦妖怪作祟的对象从来不是与自己近在咫尺的人类，见到乌鸦的人通常是受佑的。

而谢宇航是未受佑的，他这一生中还从没见过乌鸦。

他见过许多的飞蛾，扑簌簌地降临，然后面对人类四散而逃。乌鸦比飞蛾高等多了，它是脊椎动物，鸟类，鸟类通常象征着智慧，黑色通常象征着理性。谢宇航没有见过乌鸦，即使是在乌鸦的传说已经流传在整个城市的今天。

谢兴盛吃完午饭之后就躺在了阳台的躺椅上，阳台是昆虫的聚集地。事实上，一切被归纳为"户外"的区域全都是昆虫的聚集地，但谢兴盛不怕，他是在蜻蜓、飞蛾与蚊子的包围中长大的，他拥有皮肤，体臭，炽烈的阳光。这是今年以来最热的一个中午，空气温度三十一摄氏度，连飞蛾都开始焦躁地盘旋。

在谢兴盛的头顶盘旋。

谢宇航不知道飞蛾是怎么进入这间屋子的，也许是通过空调管道。他举起厨房门口的扫帚，把飞蛾往阳台的方向赶，飞蛾趔趄着被驱向阳台门的方向，然后谢兴盛看见门外狂舞着的飞蛾们。

飞蛾贴到了阳台门上,从内向外,从外向内。谢宇航用扫帚柄敲击玻璃门,扫帚里夹杂的灰尘洒在谢宇航的脸上。内侧的飞蛾猛然震动、弹跳,被驱赶向正门的方向。

谢宇航打开房门,挥下决定性的一击。从上到下,覆盖房门的整个截面,飞蛾就绝无退路——

并且落在林正义的手心里。

飞蛾是非常脆弱的。它化作蠹粉,从林正义的手指缝里落到地上,然后飘进楼梯间。林正义说:"你家里哪来的飞蛾?"

像一名侦探一样。

林正义像一名侦探一样跨进谢宇航的屋子,像一名侦探一样环顾四周,像一名侦探一样掸手背上的灰尘。

林正义像侦探一样端起臂膀,像侦探一样用手指抵住下巴,他通常不只是摆摆样子,而是会接着说:"这两天里,只有你和你父亲进过这间屋子吧?"

当然,这间屋子的产权属于谢宇航以及他的父亲谢兴盛。但林正义并没有发问,他追随着墙壁上的一道褐色的踪迹,追踪到沙发与墙壁的缝隙,再追踪到阳台的门把手上。这道踪迹是灰色的,由颗粒状的尘埃构成,一直通往谢兴盛的凸脑门儿。

"这两天你有什么发现呢？"

谢宇航捉住阳台的门把手，拉着林正义的臂膀。

林正义一定会有很多发现，当然，关于无证猪肉、关于快递员妻子的失踪、七号楼小赵、十八号楼老张——

但林正义什么也没说，林正义坐到在沙发中央，整个身体向内凹陷。林正义说："你们家冰箱里有乌鸦吧？"

谢宇航说："冰箱里没鸭。我们家很少吃鸭。不过楼下菜场有家卖烤鸭的不错，十九块钱半个，送饼和葱、酱。"

林正义说："你这就是欲盖弥彰。"

谢宇航往阳台门外望了一眼，他的父亲谢兴盛正沉睡着。没有什么能把睡梦中的谢兴盛叫醒，飞蛾不能、乌鸦不能，林正义也一样不能。

林正义说："你爸到底做了什么坏事儿，你得告诉我。"

谢宇航说："你这侦探当得真不怎么样。"

林正义说："你家冰箱在哪儿，我得去看看。"

林正义从沙发上跳起来，径直走进厨房，又走出厨房，"你家怎么没冰箱呢？"

"前两天刚用坏，嘎拉一声响，然后就再也不转了。我在网上买了个新的，说是明天送来。"

林正义说："你这又是欲盖弥彰。"

谢宇航连续两次听见林正义说了"欲盖弥彰"这个词。谢宇航说："我要是把乌鸦妖怪的事情告诉你，你能相信吗?"

　　林正义像是什么也没有听见,拉开谢宇航家的微波炉。他当然不能相信——乌鸦是一种吉兆,这是仅属于谢宇航一个人的秘密。

　　谢宇航没有见过乌鸦,他知道神性不是依靠人的追求得来的。林正义说,谢宇航必须自证清白。谢宇航不在乎清白与否,但他也不在乎明天上班时候是否会打瞌睡,甚至迟到。谢宇航站在仲凯馨苑的大草坪角落,他开始觉得有蚊子在咬自己的腿。他也不在乎蚊子,他在乎的只有乌鸦。

　　回荡在草坪上的蒙古歌曲停止了,舞蹈的老年人们开始撤退。谢宇航的正前方立着一个穿汗背心的老男人,他高举右手,再高举左手。他没有撤退,并且没有一点儿准备离开的前兆,只是交替进行着一成不变的动作。

　　"你从哪儿知道这里会有乌鸦的?"

　　林正义没有回答谢宇航的提问,他转着脖子,扭着胳膊,嘴里开始哼唱运动员进行曲。

　　"说真的,你不是个好侦探。当侦探最重要的就是说服别人。"

　　"那你也不是一个好设计师。我从来没听说过有哪个设计师会在自己的每个作品里都放上乌鸦的。"

　　"我从来也没想做个好设计师。"

"那我也从来没想过要做侦探。"

秋日的空气，老头的手臂与侧腹摩擦，五楼的日光灯关了一盏，三楼的白炽灯亮了一盏。林正义猛然跃起，踏过草地，从老头的背后擦过。他的脚步很大，但跑得并不算快，谢宇航能够追得上他，绕着八号楼旋转一周，到达居民区的边缘，黑色的掉了漆的钢铁围栏下。

林正义开始张望，然后再一次开始奔跑。他开始喘息了，但谢宇航没有喘息。谢宇航开始回忆自己读过的诗，他一共也就能背得出为数不多的几首诗。

床前明月光；黄鹤一去不复返；唯独不能等待上帝，等待上帝，就是不明白你已经拥有上帝了。

他似乎已经绕了居民区一圈。他不知道林正义在追寻什么，林正义一定在追寻那只乌鸦。乌鸦可以隐没，消失在夜色之中，但穿白背心的老人依然在那儿。

谢宇航想，跑是没用的。但他没有叫喊，他知道自己的体力比林正义强得多。林正义的脚步变慢了，但谢宇航没有追上林正义，谢宇航的脚步也变慢了。

在快递员胡一健的嘴里，乌鸦总是一大群一大群地出现。二十只或者三十只，足以包裹一个人的身体的数量。月光很亮，路灯也很亮，橙红色或者灿烂的白色，整片草坪都在发光。这片草坪上不存在乌鸦，那是显而易见的。

谢宇航缓慢地奔跑着，他第二次看见白背心的老头儿。两分钟之后，他第三次看见老头儿。

谢宇航停下脚步。

他低下头，然后再一次抬起头，他没看见白背心的老头儿。

然后谢宇航回家了。

周一。仲凯馨苑的门口坐着打扑克的王忠华。王忠华说：你听说了吗，昨天晚上老李连家都没回。

没有人回答王忠华。谢宇航背着包走出仲凯馨苑的大门，在便利店里买了一瓶零度可乐。谢宇航很久没喝过可乐了，他以为可乐已经涨价到三块五角一瓶，但他只花了三元整。谢宇航扫了柜台上的收款码，然后咂了一下嘴，"你知道他们在说的老李是哪一个吗？"

没有人回答谢宇航。

谢宇航跨上自行车。周一清晨的公路上总是有很多汽车，但谢宇航听不见汽车的噪声。他开始骑车，身体前倾，几乎趴在自行车的龙头上。他从建筑工地边经过，从大学校园边经过。他看见路边的人流渐渐减少，太阳正在他的前方上升，麻雀停留在自行车路径的延长线上，直到行将被碾杀的一刻才张开翅膀。

谢宇航感受到阳光灼烧着自己的头发、肩膀、视网膜。他眼前的景色逐渐变白，柏油马路的气息包围着谢宇航的皮肤，降低了整个世界的对比度。

他应当见到一家麦当劳，还有一家联华超市。谢宇航的身体重心越来越低，逐渐压倒在自行车身上，胸口紧贴着车把手，眼睛行驶在道路中央的间断白线。他没有闻到麦辣鸡翅的香味，他闻到的只有鸡翅的牲畜味。谢宇航总是喜欢买超市里二十只一袋的冷冻鸡翅，腥味很淡，因此鲜味也很淡。

车辐的转动变慢了，谢宇航的血液全都沉积到腿脚上，他变得僵硬，同时飘忽。

这说明谢宇航累了，他昨夜只睡了三个小时。

他可以抬起头，望一眼阳光。阳光总是饱含着能量。但谢宇航不想抬头，他已经看见白线的尽头存在着一个黑色的像素。

那就够了。谢宇航可以告诉全世界，他看见了，就在公路的中央。

遥远，但近在眼前。

关于随机数的故事

乐明天的论文已经写完了，距离上交时间还有五十二个小时。乐明天打开冰箱门，拿出牛奶，还有沾染着牛奶渍的空盆。

乌鸦是一种低等生物，低等生物就连食谱都是一成不变的：半盆牛奶，再加半盆清水。牛奶在冰箱里，冰箱在客厅的中央。清水在洗手池上的水龙头里，水龙头在厨房的尽头。

于是乐明天走进厨房,往半盆牛奶里加了半盆的水,他回转身体,回转脑袋,看见热水壶边上的乌鸦。

乐明天把掺水牛奶推向乌鸦的喙。

林正义捏住了一只乌鸦,它的羽毛已经落得只剩遮挡皮肤表面的一层,和林正义的手掌摩擦出嘎吱的响声。它立刻就死了,在林正义的手掌里瘫软成一团肉块,就像是捏住了一只虫子、一只塑料玩具。

追寻着它羽毛脱落的路径,林正义回到乐明天的房门前。林正义血红的眼睛前开始闪回画面:乐明天、蜷缩在血泊中央的乐明天、僵直着苍白的身体的乐明天、往乌鸦嘴里灌牛奶的乐明天、长出乌鸦翅膀的乐明天。

但那只是一种计策,一种诱导幻想。真正的凶手有无穷种可能性。林正义倚在门板上,在敲门之前,他得理清思绪。

然后被推开的门板碾倒在地面上。

谢宇航回到仲凯馨苑的时候,天色开始变亮了。灰暗的树木在路灯光照下泛出绿色,空气中也弥漫起螨虫的香气。

还有,他看见了林正义。林正义没有见到乌鸦,而谢宇航见到了。谢宇航喊林正义的名字,然后追随着他走进八号楼,四层。

电梯门打开,林正义仰面朝天地倒在过道的水泥地上,林正义的腹部上立着一只乌鸦。闪亮的蓝眼睛、丰腴的躯干,一只完美的乌鸦。

谢宇航的食指触上了乌鸦的翅膀。

乌鸦存在于这个世界上的理由可以从进化论谈起,来自某一个适合黑色生物存活的生态圈。或者是受到神明的贬黜,纯白的圣鸟把羽毛染成黑色,宣示自我的罪孽与肮脏。又或者,过分贪婪的乌鸦冲入煤灰中争夺一颗肉丸,错失整块肉排的同时还留下了耻辱的印记。

但乌鸦的存在并不依托于故事。无尽的基因突变与无尽的可能性中,乌鸦只是一个可有可无的分支。一种悄然易逝的虫豸。像是掷骰子一样地诞生、也会用掷骰子一样的方式灭绝。

林正义坐在饭桌的正中央,谢宇航把乌鸦攥在手心,乐明天洗了钢盅锅子,然后丢在水池里。

林正义说:"昨天晚上,在小区里锻炼身体的老李失踪了。"

乐明天把辣椒炒鸡蛋端到桌上,油烟也跟着一起窜进整个客厅。

林正义说:"你们觉得,这次乌鸦连环杀人事件的真相究竟是什么?"

谢宇航扬起头,把乌鸦摆在茶几的一角。

乐明天把辣椒炒蛋移到饭桌的另一个角落。

答案一:无证猪肉店里的腐肉吸引乌鸦,而乌鸦吸引好奇心旺盛的人。

答案二:快递员在妻子死亡前看见了乌鸦,因而用乌鸦与死亡报复世界。

答案三:谢兴盛与谢宇航用性命祭祀乌鸦,他们信仰着乌鸦妖怪。

答案四:乐明天挑起人类对乌鸦的憎恶,为了根除一种他不中意的虫豸。

答案五——答案五:在一个来得太早的夏天里,异常的故事与异常的季节一起偶然地发生了。

可能性有无穷多种,但答案是有限的。

乐明天说:"我觉得你已经是个比全世界的七十二亿人都更加优秀的侦探了。"

谢宇航说:"你爱怎么想就怎么想吧。"

乐明天打开冰箱,冰箱里的面包和牛奶都已经消耗殆尽。冰箱是空的,整个房间都是空的。

谢宇航从口袋里掏出一颗骰子,塞进林正义的手掌。林正义伸出手,白色的骰子落在木纹色的桌面上。

一个黑色的六。

丢骰子的人（后记）

当我写完《乌鸦妖怪与随机数侦探》的最后一句话的时候，我想起一句人尽皆知的名言，"上帝不掷骰子"。

这意味着现在出现在我眼前的红色的四，从根本上不过是由某种规律决定的唯一性结果。它首先取决于力学规律，一个由边界条件决定的唯一且完整的过程，并且可计算。但边界条件的决定一定程度上在于我的行动，在于我丢骰子的手势、力道、高度。人类的行为对于如今的计算力而言不可解，但可以想象，它在物理逻辑上依然是完全唯一的。

如果简化这个流程，丢骰子的本质就是使用潜意识来替表层意识做决定，用不可知的必然掩盖了直观的逻辑。它是一种逃避，并且是不彻底的逃避，虚妄的可能性背后潜藏着彻底的决定性。

这种彻底的决定性是一种消极的宿命论，它意味着我自身是在依照某种我所无法掌控的规则行动。从构成我身体的原子的电荷跃迁，到细胞的工作、大脑的运行，包括我试图打破规则的冲动，以及探寻终极真理的决心。

我也因此把这种彻底的决定性看做人类的终极目标。到达终极的路径有很多种，一切对未知的探索、对已知的重复，譬如白露的解剖实验、张珀光的高温超导、林清晖的液氮罐、衍正的数学题。

还有我的小说。

如果要问小说在通往绝对真理的道路上扮演了一个怎样的角色，我预备了很多个不完备的答案。我也因此丢了一个3D20（三个二十面骰），它会替我决定我将要选择的说辞。

答案是二十七。

在我十六岁的时候，我的爷爷告诉我："人性是复杂的。"

那时候我正在网上玩三国杀，并且因为队友的攻击而阵亡。我没有领会这句话背后的意思。每一个活在人类社会中的人都应当知道"人性是复杂的"，它是一个基本而普遍的现象，就像万物终将从天空坠向地面，绿豆和黄豆不会自动分成两堆。它的背后也许蕴藏着一个像是万有引力或是熵增定律一样绝对的规则，当然，没有人发现了这个规则。

那之后，我的爷爷说，他这一生遇到了许多不讲道理的人，他们大都不占着理却热衷于吵嘴，或者是以捉弄人为乐。他举了几个例子，来证明他眼中人性最大的复杂之处：讲道理是正确的，与人为善是正确的，而某一些人类却亲手造就错误。为什么会有人追求错误？

对秩序的信仰与对自由的信仰，破戒的欲望与禁欲的欲望，为个体、为血脉而存在，为种族、为世界而存在，不可理解的善意、不可理喻的恶意、情感冲动、抗拒情感冲动。我们从进化论、从基因、从内分泌解释这些错误或者正确，又或者是归纳为社会学、心理学规律。这一切都只是因为"人性是复杂的"。

但事实上，我们也可以选择逃避问题。

方法很简单："人性是复杂的"这个命题，一定程度上可以转化为"人的一切行为都是正常的"。而又因为"人的一切行为都是正常的"，任何现象与事件都不会超出我们的预期。没有人会觉得一件意料之内的事情复杂，它们发生过，发生过就够了。人性是简单的，人性就是万事皆可。

在我开始每一篇小说的时候，我都会告诉自己："这不是一个传奇，而是一个平凡的故事"，它们一点儿也不复杂，只是描绘了一种可能性，或者一种偶然性。通常来说，这些可能性是由我的经验拼凑而成的，但在排列组合的方式上则完全超越了我的经验。借由阅读过程中另一份个人经验的加入，故事就将化身成为一个新的独立个体。

一个关于人类的思想实验。它包含了一些差错、一些未知、一些平凡的意料外，它因此而重新变得复杂，变得重要，成为未知规律的一个拐点、一个论证。

现在我觉得自己像是一个科学家了。我想起在我二十岁的时候，我的奶奶问我，我的文章写出来是做什么用的。那时候我正在吃一个鸡蛋布丁，并且吃到了焦糖味最浓郁的一口。

成为科学家是一个很棒的答案，但我当时只告诉她：小说是不需要有什么用的。

它只是存在着。就好像这世界上也许的确存在着一个数学舅公；存在着一个杀猫的保安；存在着一个仲凯一村，与现世隔绝的老人在那儿消亡，向日渐远去的年轻人们挥手告别。这是一种可能性。

还有，你也许的确渴望呼吸一次纯净空气；渴望用翅膀飞向天空；渴望看见凌晨五点的阳光；抑或是既渴望远离疼痛，又渴望习惯疼痛，最终在不相干的现实中获得顿悟。这也是一种可能性。

如果你是按页码顺序读到这里，你会知道《乌鸦妖怪与随机数侦探》不是一篇像样的小说，它并不是一种可能性，而是由许多种可能堆积而成的不可能；你可能同时也已经知道，它是这篇创作谈的一个部分，是一次粗暴的实践。

你也许已经有很多个全新的答案了，也许你的答案只是"我不明白你想说什么"，但它仍然是构建世界不可或缺的一环，即使那是一个转瞬之间就会湮灭的世界。

我想，至少在这段不长的时间里，我们已经成为了好搭档——如果答案是奇数的话。

现在，丢出你手中的骰子吧。